행복한 동행

아들과 길을 걷다
제주 올레

행복한 동행

아들과 길을 걷다
제주 올레

펴낸날 | 2010. 7. 12

지은이 | 임후남, 이재영
펴낸이 | 임후남

진 행 | 이선일
디자인 | 애드디자인
일러스트 | 김보경
출 력 | 아이앤지
인 쇄 | 백왕인쇄

펴낸곳 | 생각을담는집
주 소 | 서울시 양천구 목동 917-9 현대 41타워 3903
전 화 | 편집 070-8274-8587 영업 02-2168-3787
팩 스 | 02-2168-3786
전자우편 | mindprinting@hanmail.net

ISBN 978-89-963899-4-1

이 도서의 국립중앙도서관 출판시도서목록(CIP)은
e-CIP 홈페이지(http://www.nl.go.kr/ecip)에서 이용하실 수 있습니다.
(CIP제어번호: CIP2010002400)
책값은 뒤표지에 있습니다.

* 잘못 만들어진 책은 구입하신 곳에서 교환해드립니다.
* 이 책의 사진 인세 1%와 출판사 수익금 일부는 세상에서 가장 평화롭고 아름다운 길을
  만드는 곳 '(사)제주올레' 에 기부됩니다.

행복한 동행

아들과 길을 걷다
제주올레

글 | 임후남 사진 | 이재영

생각을
담는
집

우리에게 마음의 길을 열어준 제주올레

제가 여행을 꿈꿀 때는 몇 가지가 있습니다.

먼저 혼자 떠나는 여행.

누구나 한번쯤 혼자 떠나는 여행에 대한 로망을 갖고 삽니다. 그러나 결혼을 한 여자가 가족을 두고 혼자 여행을 떠나는 일은 좀처럼 쉽지 않습니다. 특히 아이를 둔 경우에는 더욱더 그렇지요. 그러나 떠날 수 있다면 혼자 여행을 떠나는 것이 좋습니다. 그래야 비로소 누구의 엄마, 누구의 아내, 누구의 며느리에서 벗어나 온전히 '나'를 대면할 수 있기 때문입니다. 내가 있어야 아이의 엄마도, 아내도 있을 수 있습니다.

그 다음은 아이와 함께 떠나는 여행.

제주올레길을 혼자 다녀온 후 아이에게 내가 걸은 길을 느끼게 해주고 싶은 생각이 간절했습니다. 아마도 혼자 먹어본 맛난 것을 아이에게도 맛보게 하고 싶은 마음이랄까요.

제주올레길, 아이 역시 좋아했습니다. 첫날 광치기 해변에서 말처럼 뛰는 아이의 모습을 저는 잊을 수가 없습니다. 그처럼 자유롭고 싶은 것. 그것이 바로 우리 아이였습니다.

임신 17주 때 이미 세상에 나오고 싶어 했던 아이. 그래서 저는 그때부터 22주 동안 꼼짝없이 병원에 누워 있어야 했습니다. 조산아로 태어나 인큐베이터 신세를 질 줄 알았던 아이는 제왕절개도 하지 않고 자연분만으로 세상에 첫 울음을 터뜨렸지요.

아이는 하늘의 선물입니다. 세상에 설 때까지 잠시 맡아 기를 뿐이지요.

생각해 보면 얼마나 많은 행복한 기억들이 있는지요. 예쁜 나이 네 살 때였나, 엄마가 좋아하는 음악을 틀어놓고는 슬며시 다가와 "엄마, 이젠 화내지 마요."라고 속삭이던 모습, 늘 시간 없다는 하소연에 "엄마, 시간을 붙잡아버려!"라며 당당히 소리치던 모습이 떠오릅니다. 지난 연말에는 평생 모은 세뱃돈과 용돈을 모아 커피를 좋아하는 제게 에스프레소 머신을 선물하기도 했지요.

그러나 속 끓이는 일은 또 얼마나 많은지요. 어떻게 키워야 하나, 사실 망연해질 때가 한두 번이 아닙니다.

아이와 제주올레길을 함께 걸은 것은 처음 4박5일과 두 번째 3박4일이 전부입니다. 따라서 우리가 걸은 길은 제주올레의 일부분일 뿐입니다. 그러나 우리가 '함께' 걸었다는 것, 그럼 으로써 우리에게 마음의 길이 만들어졌다고 생각해 용기를 무릅썼습니다. 무엇보다 아이의 시선으로 찍은 사진을 함께 묶는 데 의미를 뒀습니다.

나는 아들과 함께 걷고, 아이는 엄마와 함께 걸었지만 우리는 각자 길을 걸은 것과 같습니 다. 같은 것을 봤지만 서로가 느낀 것은 다르기 때문입니다. 우리가 느낀 것들은 지금 뭐라 명료하게 말할 수 없습니다. 다만 삶의 길목에서 때때로 어디로 갈까 망설일 때 제주올레길 들이 우리 앞에 빠끔히 고개를 내밀 것이라는 믿음은 갖고 있습니다. 그 역시 아이와 내게 각각 다른 모습으로.

생각해 보면 아이와 함께 걸을 수 있는 시간, 아이와 함께 여행할 수 있는 시간이 그리 많지 않습니다. 쑥쑥 자라는 아이는 그리 머지않아 제 길을 걸어갈 것이기 때문입니다.

저는 그래서 주변 엄마들에게 한번쯤 아이와 함께 단둘이 걸을 것을 제안합니다. 단둘이 여 행지에서 오래오래 길을 걷다 보면 '내 아이'가 아닌, '한 사람'과 동행하고 있음을 느끼게 되기 때문입니다.

제주올레는 그 어떤 곳보다 아이와 단둘이 여행을 떠나 오롯이 즐길 수 있는 곳입니다. 물론 엄마 혼자 떠나기에도 제주올레만큼 좋은 곳이 없지요. 어설픈 영어 손짓발짓 해가며 쓸 일 도 없고, 큰 비용도 들지 않고, 위험하지도 않고, 그러나 다녀오면 내 마음을 정화시켜주는 곳, 그곳이 바로 제주올레입니다.

아이를 데리고 여행을 떠날 수 있도록 배려해준 남편, 바쁜 며느리를 대신해 짬짬이 먼 전주 에서 올라와 아이를 돌봐주신 시부모님, 추천사를 써주신 행복디자이너 최윤희 선생님, 이 책 진행을 함께해준 이선일 씨, 그리고 나를 낳아준 우리 엄마에게 감사의 말을 전합니다.

글을 쓴 엄마 임후남

사람을 움직이는 올레길의 마음을 찍고 싶었어요

어느 날 엄마께서 말씀하셨습니다.
"우리 다음엔 꼭 같이 걷자. 알았지?"
하지만 그 약속은 계속 미뤄져 그냥 뻥인 것 같았습니다. 엄마가 또 혼자 여행을 갈지 모른
다고 생각했습니다. 공항에 도착할 때까지 믿어지지 않았습니다. 전 사실 그때쯤이면 학원
에 가 있어야 했습니다. 여행 중에는 공부를 할 수 없기 때문에 공항에서도 숙제를 해야 했
습니다.
어른들은 말합니다. 열심히 공부하면 빌 게이츠처럼 훌륭한 사람이 될 수 있다고. 근데 요즘
CEO나 우리 사회의 리더들은 각자 자기의 재능을 펼쳐야 회사를 잘 이끌어 나갈 수 있다
고 합니다. 저는 재능을 살리는 것도 공부만큼 중요하다고 생각합니다.
저는 사진 찍기를 좋아하고, 돌아다니는 것을 좋아합니다.
전 제주올레길에서 사진을 찍었습니다. 저는 다만 길이 아닌 올레길의 마음을 찍고 싶었습
니다. 올레길이 갖고 있는 힘을 찾고 싶었습니다. 김영갑 선생님이 제주도의 바람을 찍은 것
처럼 올레길에도 눈에 보이지 않는 힘, 포스 같은 게 있다고 생각했습니다. 바로 사람을 움
직이는 힘. 사람은 길을 만들고, 길은 사람을 움직입니다.
그리고 바람이 움직이는 모습, 돌의 생김새, 해녀들의 모습을 찍었습니다.

길을 걷다 보면 새로운 것을 보고, 사람들을 만납니다. 저는 거문오름에서 만난 형과도 친해
졌고, 카페에서 피아노를 치다 만난 대학생 형과도 친해졌습니다.
여행을 하면 선물을 받습니다. 그 선물을 찾아나서는 것, 그것이 바로 제주올레길이었습니
다. 그곳에서 만난 사람들 모두가 제겐 선물이었으니까요.

제주올레길을 걸으면서 가장 잊혀지지 않는 것은 밭에서 일하시던 할머니들에게 밥을 얻어먹은 것입니다. 할머니들은 드시던 밥을 주셨는데, 그 밥에는 콩나물, 쌈장, 밥, 이렇게 세 가지밖에 없었습니다. 하지만 배가 고팠기 때문에 먹었습니다. 그런데 먹고 있는 도중 갑자기 한 할머니가 큰 그릇을 하나 주시면서 말씀하셨습니다.

"얘야. 이거 한 번 비벼먹어 보렴."

전 그래서 또 비벼먹었습니다. 배가 고팠기 때문에 그냥 먹었습니다.

또 올레길을 만드신 서명숙 선생님도 만났습니다. 서명숙 선생님께 올레길을 어떻게 만들었는지 물었습니다. 선생님은 산티아고라는 곳에 다녀와서 길에 미쳤다고 했습니다. 그때부터 고향인 제주도에 길을 만들고, 화살표를 만들고, 나뭇가지에 리본으로 표시를 해놓았다고 했습니다. 저는 이 말을 듣고 제가 사는 동네에도 올레길을 만들어 보자고 생각했습니다. 하지만 벌써 좋은 길이 만들어져서 만들 게 없다고 합니다. 그래서 저는 나중에 서명숙 선생님처럼 어떤 섬에 만들어야겠다고 생각했습니다.

엄마와 올레길을 걸으면서 표시를 잘못 봐 다른 길로 간 적도 있었습니다. 올레표시를 따라 되돌아가기도 했지만, 어떤 때는 엄마가 다른 길로 가도 올레길과 만난다며 그냥 가기도 했습니다. 그렇지만 왜 올레길에 와서 올레길 표시대로 걷지 않는지 조금 이해가 되지 않았습니다. 올레 표시 길을 찾아 되돌아가려면 너무 힘들기 때문에 그냥 가는 엄마를 따라가긴 했지만 이해가 안 됐습니다.

저는 올레길을 걸으면서 사람이 길을 걸으면 길이 생기고, 길은 여러 갈래가 있어서 정해진 방향으로 가지 않으면 헤맬 수 있다는 것을 알게 됐습니다. 그리고 길을 정할 때 잘 정해야 한다는 것을 알았습니다. 제주올레길이 많이 알려져 많은 사람들이 걸었으면 좋겠습니다. 참 좋은 길이기 때문입니다.

제주올레길을 걷게 해준 엄마, 고맙습니다.

지리산 종주를 함께한 아빠, 감사합니다.

날 언제나 사랑해주시는 할아버지 할머니, 오래오래 건강하게 사세요.

저를 잘 가르쳐주신 이대부속초등학교 선생님들, 감사합니다.

그리고, 하나님! 감사합니다.

사진을 찍은 아들 이재영

| 차례 |

프롤로그
prologue

그래, 떠나자!
제 주 올 레

제주올레를 혼자 걷고 온 다음, 아이를 데리고 꼭 가리라 생각했다.

그러나 생각만큼 쉽게 떠날 수 없었다.

3월 신학기 때 맨 먼저 한 일은 아이와 함께 여행할 수 있는 날짜를 체크해 본 것이었다. 요즘은 재량방학도 있고 얼마든지 앞뒤만 잘 맞추면 시간을 낼 수 있다.

문제는 나의 시간이었다.

사실 시간이야 내면 되는 것이었다. 이리저리 달아나는 시간들도 무수히 많은데 정작 중요한 때는 놓치고 살아간다.

이제 초등학교 6학년.

어느 날 천방지축 뛰어다니던 꼬마가 어느새 소년이 되어 힘든 언덕을 오를 때 손을 내밀어 나를 쭉 끌어당겼다. 그때 그 감동은 아이의 학교 점수보다 나를 더 뿌듯하게 했다. 아이는 어느 날 훌쩍 더 커버릴 것이고, 함께 걷는 일은 더욱 어려워질 것이다.

모든 것은 순간이다.

그 순간이 지나면 다시 오지 않는다.

그래, 떠나자! 무조건 비행기 예약부터 했다.

그러자 남편은 지리산 종주를 아이에게 제안했다.

올레길과 지리산 종주.

제 아빠를 닮아 아이도 산을 무척이나 좋아한다. 어려서부터 새벽에 산에 가자고 깨우면 눈을 번쩍 뜨고 일어나 주섬주섬 옷을 입는 아이다.

올레길이야 걷다 쉬면 그만이지만, 지리산 종주는 만만찮은 체력이 필요하다. 남편은 체력을 길러야 한다며 아이를 데리고 매주 산에 다니기 시작했다. 어떤 날은 나도 따라나서서 북한산을 종주하기도 했다. 산행보다 걷는 것이 좋아 웬만하면 따라가지 않는데 9시간 걸려 북한산 종주를 하고 보니 할 만했다.

올레길도 아침부터 저녁까지 걸을 생각이니 적어도 하루 7~8시간을 걸어야 한다. 다만 하루만 걷는 게 아니라 계속해서 며칠간 걸어야 하니 아마도 발가락도 부르트고 다리도 아플 것이다. 걸을 생각만 해도 발바닥에서 열이 나는 듯하다. 그 묘한 고통의 쾌감.

그래, 가자. 올레!

처음 올레

비행기를 타고
제주로 날아가다

드디어 기다리고 기다리던 제주행 비행기를 타는 날.
아이가 학교에 다녀온 후 저녁을 먹고 늦은 8시 40분발 비행기를 탔다. 들뜬
아이 못지않게 내 마음도 들떠 있었다. 그럴수록 아이 앞에서는 차분해져야
하는 게 엄마. 하지만 들뜬 마음이 좀처럼 차분해지지 않는 게 늘 문제다.
제주에 도착, 공항 밖으로 나오니 밤 10시.
너무 늦은 시각이다.
출장을 온 것도 아니고 이렇게 늦게 도착하는 게 아닌데 싶었다.
아이와 함께 처음 걷는 것인 만큼 올레 1코스부터 차례로 걷자 싶어 표선에
있는 민박집을 예약해 두었다. 표선이면 3코스의 종점이자 4코스의 출발 지
역이므로 조금 멀긴 하지만 1코스부터 5코스까지 걸을 수 있는 위치.
그런데 제주 공항에서 표선까지 들어가는 대중교통 수단은 밤 9시면 이미 끊
긴단다. 공항에서 택시를 타고 표선까지 들어가면 택시비는 3만5천원.
민박집 아주머니의 친절은 이때부터 시작됐다.

16

"여기에서 나간 택시를 타고 오면 2만원이면 들어오니까 내 그렇게 조치를 취해 놓을게요."

하지만 친절한 아주머니도 불가항력한 일이 있는 법.

내가 도착한 시각에 제주시내에 나와 있는 표선 택시가 없단다. 이리저리 수소문 끝에 표선과 가까운 남원 택시를 수배해서 부득이 택시비는 2만5천원으로 올랐다.

그런데 공항에 밤 9시까지만 도착하면 이 비용은 그대로 굳는다. 왜냐하면 해비치리조트의 셔틀버스를 이용하면 무료로 표선까지 들어갈 수 있기 때문. 친절한 민박집들에서는 해비치리조트까지 픽업하러 나온다. 미리 알았더라면 아낄 수 있었던 2만5천원…….

공항에서 표선 민박집까지 걸린 시간은 1시간. 민박집에 도착하니 밤 11시였다. 그때까지 마당에 불 켜놓은 집은 그 집밖에 없었다. 도시의 밤과 다른 풍경. 문득 시골 고향집에 들어서는 느낌이 들었다.

여자들의
탈출구, 올레

제주올레에 사람들이, 그리고 특히 여자들이 많이 모이는 이유는 걷고 싶은 여자들의 탈출구이기 때문이다. 나이가 적든 많든 사람들은 혼자만의 여행을 꿈꾼다. 철저히 고독해지고 싶은, 그 안에서 자유롭고 싶은 욕구.

그러나 그것이 생각처럼 쉽지는 않다. 혼자 여행을 하는 것은 '대단한' 여자들만의 일이라고 생각하기 때문이다. 그런데 올레길은 많은 여자들에게 스스로 '대단한' 일을 하게끔 만들었다.

올레길의 가장 큰 장점은 안전하다는 데 있다. 바닷길, 숲길을 걷기도 하지만 그 길들이 모두 마을과 가까운 길들이다. 항상 가까운 곳에 사람들이 살거나 일을 하고 있다. 그만 걷고 싶으면 바로 옆길로 나가 버스도 타고, 콜택시를 부를 수도 있다.

가까운 근처 식당에 가서 혼자 밥을 먹을 수도 있고, 주먹밥 같은 것을 길가에 앉아 혼자 먹을 수도 있다. 가는 길에 그냥 털썩 주저앉아 제주바다를 한없이 바라보다 걸어도 좋다.

생각해 보면 그렇게 할 수 있는 곳이 없다.

경포대나 해운대 바닷가에 가서 혼자 그렇게 하면 청승맞아 보인다. 혼자 산에 오르는 것도 조금은 겁나는 일이다. 진정으로 산을 좋아하는 여자라면 모를까, 산 정상까지 혼자 오르는 일도 여자들에겐 쉬운 일이 아니다. 그리고 많은 여자들은 등산을 별로 좋아하지 않는다.

사실 나도 등산을 좋아하지 않는다. 등산을 좋아하는 남편을 만나 한동안 산에 열심히 쫓아다녔지만 죽을 맛이었다. 물론 산 정상에 오르는 일은 더 할

나위 없이 멋진 일이지만, 정상에 오르기까지 너무 힘이 든다.

등산을 좋아하지 않는 또 다른 이유는 천천히 쉬엄쉬엄 오르기보다는 목표 지점에 도달해야 한다는 목표를 갖고 오른다는 점이다. 산을 오르는 동안 천천히 풍경을 즐기기보다는 헉헉대며 올라가기 바쁘고, 다시 그 길로 내려오기 급급하다. 정복의 본성이 있는 남자들과 같이 산에 오르는 일은 그래서 쉽지 않다.

하지만 올레길은 정복이 아니다. 완주해야 할 목표가 있는 것이 아니다. 오래 걸으면 다리는 아프지만 천천히 걷는 것은 사실 그리 힘든 일도 아니다. 헉헉 댈 일이 없으니 보고 싶은 주변 풍경도 맘껏 보면서 걸을 수 있다.

물론 코스가 있고, 그 코스를 완주하며 올레 패스포트에 도장 찍는 맛은 있다. 그러나 그 패스포트에 도장 찍는 것을 목표로 올레길을 죽기 살기로 걷는 사람은 없지 않을까.

제주올레는 특히 여자들의 여행의 욕구,
걷고 싶은 욕구를 충족시켜주는 여자들에게 행복한 길이다.

민박집 아주머니 노랫소리에
아침잠에서 깨어나다

아침 7시쯤 민박집 아주머니의 노랫소리에 잠을 깼다.

아침나절에 열댓 곡의 노래를 흥얼거리는 아주머니. 그런데 그냥 흥얼거림에도 불구하고 노랫소리가 예사롭지 않다. 레퍼토리도 퍽이나 다양하다.

"내가 노래를 좀 좋아해. 음악을 전공했거든. 이만큼 살고 보니 음악이랑 사는 거랑 같다는 생각이 들어. 내가 이 일 하는 것도 음악과 무관하지 않고."

으잉?

민박하는 것과 음악이 같은 조화라고 말하는 사람이 세상에 또 있을까.

그런데 이 멋진 아주머니에게서 이 말을 듣고 나면 그 말에 고개가 끄덕여진다. 삶의 조화란 스스로 만들어가는 것. 그럴 때 비로소 자연스럽고 아름다워진다.

흥얼거리면서 차려낸 아침상은 입이 떡 벌어진다. 아저씨가 매일 아침 한라산 중턱까지 올라가 채취해온다는 고사리와 마당에서 직접 키운 돌미나리 무침은 그야말로 약상이다. 전날 술도 마시지 않았는데 시원한 맛에 자꾸자꾸 더 마시게 되는 콩나물국, 노랗게 구워진 고등어와 조기 구이 등등. 깔끔

하기 그지없는 상차림은 뭘 먼저 먹어야 할지 들려진 젓가락이 상위에서 서성댄다.

사실 나는 아침밥을 거의 먹지 않는다. 그렇다고 식구들 아침상까지 차려주지 않는 것은 아니다. 나는 안 먹어도 식구들은 먹기 때문. 나의 아침식사는 사무실에 출근해서 떡이나 빵 등을 커피와 함께 마시는 정도다.

그러나 여행을 가면 상황이 달라진다. 특히나 올레길에서는 더더욱 그렇다. 종일 걸어야 하는데 아침밥을 굶고 걸을 수는 없는 일. 특히나 올레길 주변에 식당들이 즐비한 게 아니므로 제때 먹고 챙겨가지 않으면 곤란하다.

기름기가 자르륵 흐르는 하얀 쌀밥 한 그릇을 뚝딱 먹어치우고 나니 문득 시어머니가 하시는 말씀이 생각났다.

"먹으려고 하면 먹혀지는데, 그렇게 한 숟갈도 입에 안 대냐."

아침밥을 먹지 않는 나를 보고 하시는 말씀이다. 내가 한 그릇을 싹싹 비워낸 걸 보면 아마도 우리 어머니, 배신감을 느끼지 않을까 싶다.

그런데 이게 끝이 아니다.

"거, 상 밑에 눌은밥도 있다."

아, 내가 좋아하는 눌은밥. 이럴 줄 알았으면 한 그릇 다 비우지 않는 건데. 그래도 눌은밥을 포기할 수 없어 한 그릇 퍼서 또 먹는다. 마지막 숭늉까지 다 먹고 나니 배가 꽉 찼다. 이렇게 배가 부를 때마다 하는 생각.

'미련맞게 이렇게 많이 먹다니!'

나와 함께 민박을 했던 사람은 모두 세 명. 친구와 함께 온 사람과 혼자 온 사람. 다 미혼 처녀들이다. 내가 민박을 했던 집은 여자만 받는다.

"목욕탕에서 남자가 나오고 그러면 불편하잖아."

깔끔한 민박집 아주머니, 한 개밖에 없는 목욕탕이 그 이유란다.

점심으로 주먹밥과 보리차까지 챙겨주시는 민박집 아주머니. 엄마 같다.

내가 묵은 곳은 '세화의집'이라는 곳이다. 올레꾼들 사이에서는 꽤 유명한 편이어서 일찌감치 예약을 해놓지 않으면 숙박이 불가능할 정도다. 나는 운이 좋았다.

광치기 해변에서
말처럼 뛰다

해비치리조트까지 민박집 차를 타고 나가 그곳에서 다시 올레 출발 지점까지 가는 셔틀버스를 갈아탔다. 리조트에 묵지도 않으면서 리조트버스를 이용하자니 조금 미안한 생각이 들었다. 하지만 별 수 있나. 그냥 타는 거지 뭐. 재영이는 씩씩하게 버스에 올랐다.

오늘의 코스는 2코스.

1코스부터 걷고 싶었지만 구제역 때문에 중간중간 금지 구역이 있어서 부득이 2코스부터 걷기로 했다.

셔틀버스에서 내린 곳은 성산일출봉이 바라보이는 광치기 해변. 차에서 내리자 바람이 무섭게 불어댔다. 바로 앞에 펼쳐진 안개 낀 멋진 바다를 보고 재영이와 나는 소리를 지르면서 바로 해변으로 뛰어나갔다.

바람을 온몸으로 맞으며 달리다, 걷다, 춤추고 노래하는 아이.

"엄마, 내 발자국이 말 같은지 한번 봐."

급기야 재영이는 광치기 해변을 말처럼 뛰기 시작했다. 몸을 구부린 채 경중 경중.

"우와! 완전히 말발자국인걸!"
광치기 해변에 아이가 뛰어간 발자국이 그대로 새겨졌다.
아이의 발자국에 내 발자국을 얹으려고 했지만 뛰어간 아이의 보폭을 따라 잡기 힘들었다.
아이가 자랄수록 우리의 보폭은 점점 더 차이날 텐데.

광치기 해변에 도착하자마자 말처럼 뛰는 아이.
아이의 발자국을 따라잡을 수가 없었다.

대부분의 아이들은 몸으로 행동하는 것을 좋아한다. 특히 어릴수록 그렇다.
자연에서 뛰어놀게 하라.

모든 자녀교육 전문가들의 한결같은 말이다. 그러나 그 뛰어놀게 하는 일이
정말 어렵다. 요즘 아이들치고 학교만 다니는 아이들이 얼마나 있을까. 그러
다 보니 아이들은 점점 뛰어노는 일을 잊는다. 걷는 것도 귀찮아한다.

그런데 아이들이 걷기조차 귀찮아하는 것은 어쩌면 걷기조차 시키지 않은
부모들 때문이 아닐까. 아이들은 바로 집 앞에서 노란버스를 타고 학원을 오
가거나 그 시간마저 아까워하는 엄마들에 의해 차에 실려 다닌다. 걷는 것도
습관인데 가까운 거리도 차를 태워 데리고 다니다 보니 걷지 않는 것을 당연
하게 여긴다.

고백하자면 나도 그랬다.

학교에서 오자마자 바로 학원 스케줄과 연계해 아이가 혼자 있는 틈을 주지

않았다. 직장생활을 하다 보니 아이가 학교에서 돌아올 시간에 집에 없는 것은 당연했다. 유치원 때는 종일반, 초등학교에 입학해서 2학년 때까지는 방과후학교와 바로 연계해 퇴근 후에 아이를 데리고 왔다. 그러나 3학년이 되면서 방과후학교에 다니지 않게 되자 학원 스케줄을 짰다. 월수금 영어, 화목 수학. 그리고 틈틈이 예체능.

"학원을 폭파시키고 싶어!"

가기 싫어하는 학원으로 아이를 내몰자 아이가 했던 말이다.

예체능은 얼마든지 좋아했지만 문제는 월수금마다 가는 영어가 문제였다. 두 군데의 영어 학원을 다니는 동안 아이의 말처럼 학원을 폭파시키는 대신 아이가 폭파될 것 같았다. 때마침 회사도 그만 두게 되었다. 아이는 늘 말했다.

"학교 선생님께서 선행학습을 하면 학교 공부에 집중하지 못한다고 했는데 왜 선행을 시키는 거죠?"

그래. 생각을 달리 하자. 학원을 다닌다고 공부하는 게 아니니까.

조기교육으로 영어를 제법 할 줄 아는 아이들이 주변에 많았던 탓에 아이는 은근히 영어에 주눅이 들어 있었다. 1학년 때, 한번은 아이들끼리 점심을 먹다 사소한 다툼이 일었는데 순간적으로 아이가 분노에 찬 얼굴로 들고 있던 포크를 집고는 몸을 부르르 떨었다. 그렇게 화난 모습을 좀처럼 본 적이 없어 당황한 나는 얼떨결에 아이를 꼭 껴안았는데 아이는 온몸을 떨면서 씩씩 댔다.

"나보고 영어도 못하는 것이라고 놀려요!"

"괜찮아, 너는 쟤보다 피아노도 잘 치잖아. 네가 피아노를 잘 치는 것은 어려서부터 피아노를 쳤기 때문이고, 쟤가 영어를 잘하는 것은 영어 유치원을 나왔고 계속해서 영어 학원을 다니고 있기 때문이야. 괜찮아. 너도 영어 공부를 하면 나중에는 더 잘할 수 있어."

좋다는 학원들이 즐비한 동네에서 막상 학원을 보내려고 해도 어디를 보내야 좋을지 막막했다. 영어 학원을 알아보기 시작했을 때 놀란 일은 좀 유명하다 하는 학원은 들어가는 것도 쉽지 않다는 것이었다. 어느 정도 레벨이 되어야 학원에 들어갈 수 있다니……. 불과 초등학교 3학년짜리 아이를.

유명하지 않은 동네 한 학원을 처음 다니기 시작했을 때 아이는 나름 씩씩했다. 집에 돌아와 혼자 콘프레이크를 한 그릇 먹고 학원까지 달려갔다. 기특했다.

'그래, 이제 3학년이니까 혼자 잘할 수 있을 나이지.'

그러나 그 씩씩함은 오래 가지 않았다. 숙제를 도와주지 않으면 학원 진도라는 게 따라가기 쉽지 않았다. 좀 유명한 학원을 다니는 애들 중에는 학원 숙제를 하기 위해 새끼 선생을 둘 정도라고 했다. 3학년은 그것을 스스로 하기란 불가능한 나이인 것을, 적어도 우리 아이에게만큼은 그렇다는 것을 나는 뒤늦게 알았다.

많은 부모들의 믿음은 학원에 가면 공부할 것이라는 것이다. 열심히 하지는 않더라도 조금이라도 듣는 것이 있을 테니 안하는 것보다 낫다고 생각한다. 물론 나도 그런 평범한, 당연한 생각을 하는 사람 중 하나였다.

우리가 사는 곳은 서울에서도 가장 교육열이 높은 곳으로 알려진 곳 중의 하나. 신학기를 앞두고 전세 값 동향을 맨 먼저 소개하는 곳 중 하나이다. 이곳으로 이사했을 때 한 친구가 했던 말.

"너, 그 동네에서 얼마나 버틸 수 있는지 볼게."

아이 교육을 중요하게 여기는 동네인만큼 그 엄마들을 따라서 아이를 교육시키지 않으면 아이가 이른바 '왕따'를 당할 것이라는 얘기였다.

아이는 이 동네에 살면서도 사실 동네학교에 다니지 않는다. 사립학교를 다니기 때문이다. 아이를 사립학교에 보내게 된 동기는 순전히 바로 옆에 대학 부설 방과후학교가 있기 때문이었다. 학교 끝난 후 아이가 바로 방과후학교로 가면 저녁 때 퇴근하면서 데리고 오면 됐다.

사립학교에 입학원서를 낸 후 아이가 운 좋게 세 번째로 당첨됐을 때도 무덤덤했다. 왜냐하면 처음부터 사립학교에 보낼 생각이 그리 없었으므로. 그런데 바로 옆의 사람은 당첨되자 남편에게 문자를 보내면서 떨려서 제대로 보낼 수가 없을 정도라고 했다.

5.5:1의 경쟁률로 당첨된 아이들보다 떨어진 아이들이 훨씬 많은 강당에서 희비가 엇갈린 사람들 중에는 우는 사람도 적잖았다. 당첨된 기쁨에 울고, 떨어진 슬픔에 울고. 솔직히 잘 이해가 되지 않았다. 나로서는 학교보다 더 중요한 게 방과후학교였기 때문이다.

방과후학교 지원율도 만만치 않았다. 유치부에서 올라오는 아이들과 대학부설인만큼 교직원 자녀와 주변 학교 아이들까지 대기자가 줄을 서 있었다. 내가 지원했을 즈음 앞으로 20여 명의 아이들이 있었다.

담당자는 먼저 지원한 사람들에게 우선순위가 주어지는데 가능성은 희박하지만 일단 접수부터 하라고 했다. 미리 접수부터 해놓아야 학교 추첨에서 떨어지는 아이들도 있는 등 변수가 생겼을 때 들어갈 수 있다는 것이다.

그런데 우리로서는 만일 방과후학교에 들어가지 못한다면 당첨된 학교도 다닐 수 없을 처지였다. 집과 학교와의 거리도 가까운 거리가 아니었고, 스쿨버스를 타고 다닌다 해도 다녀와서 간식이며 숙제 등등 어린 아이가 혼자 한다는 것은 불가능한 일이었다.

방과후학교 발표일은 12월 31일. 그런데 연락이 오지 않았다. 조마조마한 마음으로 기다리다 점심시간 직전에 전화를 했더니 내 앞으로 대기자가 3명이 더 있는데, 그 사람들이 모두 연락이 안 될 때나 가능하다는 것이었다. 이럴 수가.

오후 3시, 기다리다 다시 전화를 했을 때도 마찬가지였다. 5시까지만 기다려보고 그때까지 연락이 안 되면 들어올 수 있다고 했다. 마지막 세밑이어서 일찍 퇴근하는 사람들도 있고 일도 손에 잡히지 않아 5시까지 아무 일도 할 수 없었다. 5시가 되자마자 다시 전화를 했을 때 직원이 말했다.

"아무도 연락이 안 되네요. 이런 일이 없었는데…… 어머님께서 오시면 되겠어요."

순간 팔에 소름이 쫙 돋으면서 나도 모르게 "하나님, 감사합니다!"라는 말이 튀어나왔다. 덕분에 아이는 학교에 잘 다닐 수 있게 됐고, 우리가 선택한 학교가 최고의 학교라는 것을 학교에 들어가서야 비로소 알았다.

천사와 악마

광치기 해변의 백미는 성산일출봉의 모습을 제대로 볼 수 있다는 점과 썰물 때 드러나는 암초 위에 피어난 초록 이끼 풍경을 맘껏 볼 수 있다는 것. 날씨가 흐린 탓에 성산일출봉의 모습은 선명하게 보이지 않았지만 그 선명하지 않음이 오히려 훨씬 더 멋진 풍경을 자아냈다. 성산일출봉이 마치 바다와 하늘 사이에 떠 있는 듯했으니까.

초록 이끼는 마치 결 고운 잔디 같다. 볼을 대고 비비면 너무나 보드라울 것 같은. 아이는 그 결 고운 푸른 이끼를 찍으면서 말한다.

"우와, 너무 예뻐요!"

얼마쯤 가자 제주조랑말들이 눈에 띄었다. 해변길이 아닌 둑길로 올라 걸으며 아이는 말들 가까이 가고 싶어 안달이 난다. 그러나 위험하다고 말릴 수밖에 없는 나는 아이한테 버럭 소리를 지르고 만다.

"가까이 가지 말라니까!"

아이 입이 삐죽 튀어나온다. 그러나 금세 풀어져 어느새 카메라 셔터를 누르고 있다. 말똥들을 밟을까 이리저리 몸을 날리면서.

보드라운 초록 이끼가 예쁜 광치기 해변. 멀리 성산일출봉이 보인다.

아이를 키우다 보면 내 마음 속에 천사와 악마가 공존함을 뼈저리게 느낀다. 천사일 때는 문제가 없지만, 악마일 때는 심각하다. 아이를 야단치는 것인지, 내 마음의 악마가 튀어나온 것인지 종잡을 수 없을 때, 그럴 때는 정말이지 나는 내가 싫다.

아이가 초등학교 3학년 때 학교에서 만든 '천사와 악마' 라는 도자기 인형이 있다. '천사와 악마' 라는 제목을 보면 마치 두 개의 인형일 것처럼 보이지만 한 개짜리 인형이다.

이 인형은 각각 똑같아야 할 뿐이나 날개가 조금씩 다르다. 처음에는 아이의 솜씨가 미숙해서 그러려니 했는데, 아이는 의도적으로 각각 다르게 했단다. 왜냐하면 천사와 악마가 한몸에 있는 거니까. 대표적인 것이 날개인데, 한쪽 날개는 부드러운 천사 날개이고, 다른 한쪽 날개는 뾰족한 악마 날개이다.

아이가 처음 이 인형을 보여주던 날 아이에게 물었다.

"어떻게 인형 한 개에 천사와 악마가 다 있을 수 있어?"

"그게 바로 나니까."

"천사와 악마가 너라고? 왜?"

아이는 아무렇지도 않게 말했지만 나는 적잖이 당황했다.

"내 마음에는 착한 마음도 있고 나쁜 마음도 있잖아. 엄마도 마찬가지고. 다른 사람들도 그렇잖아."

나는 착한 사람이다, 라고 생각하며 살고, 너는 착하게 살아야 돼, 라고 말하면서 아이를 키우지만, 사실 나는 얼마나 착하지 않은 사람이고, 아이는 살아가면서 얼마나 착하지 않은 일을 하면서 살아야 하는가. 내가 애써 부인하던 사실을 아이는 확연하게 일깨워주고 있었다.

나는 한 번도 아이처럼 드러내놓고 내 마음에 악마가 있다고 말한 적이 없다. 그러나 하루하루 살아가면서 내 마음에 있는 악마가 나의 행동과 말을 대신할 때가 어디 한두 번인가. 내 마음의 악마, 아이 마음의 악마, 사람들 마음에 있는 악마들.

내 마음의 악마와 천사는 매일매일 싸우고 있다. 어떤 것이 내가 밑지지 않고 이익을 볼까라는 이기적인 생각의 출발은 사실 악마가 우선한다. 그러나 천사가 살아 있어 지나치게 이기적인 마음을 조금은 배려하는 마음으로 돌려 놓는다. 무엇이 우선일까.

조금은 손해 보듯 살자해 놓고 막상 손해 보면 억울하고, 누군가 나를 이용하면 적당히 모른 척하고 넘어가자 생각해 놓고 막상 나를 이용해 먹은 것을 알면 또 억울하고.

그러다 보니 매일 나만 억울하다. 그러나 생각보다 손해가 덜 났네, 라든가 누군가 나를 이용한다는 것은 내가 아직도 쓸 만한 가치가 있다는 것이니 다행이네, 라고 생각한다면 완전히 다른 세상이 된다.

마음속의 천사와 악마. 누굴 택할 것인가는 결국 나의 몫이고, 우리 아이의 몫이지 않을까.

속아도 행복한 올레 길

말들이 한가로이 거니는 바닷가 길을 따라 1시간쯤 걷자 멋지게 지어진 건물이 길을 가로막는다. 휘닉스아일랜드. 〈올인〉이라는 영화 드라마 촬영장팻말도 보였다. 바로 섭지코지다. 섭지코지는 제주도 방언으로 좁은 땅이라는 뜻을 가진 '협지' 와 곶(串)이라는 '코지' 가 합해진 것이다. 제주도에서도 최고의 절경지로 유명하다. 그런데 잠깐, 올레길에서 섭지코지 가는 길은 들어보지 못했다.

드라마 〈올인〉은 2003년 이병헌, 송혜교 주연의 드라마다. 초절정의 인기 드라마였음에도 불구하고 보지 못했던 나는 드라마가 끝난 지 얼마 되지 않아 섭지코지를 왔던 적이 있었다. 당시 섭지코지 가는 길은 막 공사를 시작해 군데군데 땅이 파헤쳐 있었다.

당시 관광버스들이 들어가는 길을 따라 들어가 한참을 올라가니 〈올인〉 촬영장, 수녀원이라고 하는 곳에서는 각종 기념품을 팔고 있고, 밖에는 커다란 스틸사진들이 걸려 있었다. 드라마를 봤더라면 그곳들에 대한 감회가 남달랐는지 모르겠지만 드라마를 보지 못한 나로서는 왜 이런 것이 여기 있을까 하는 생각밖에 들지 않았다.

바닥은 온통 꽃밭천지다. 절벽과 기암괴석, 멀리 보이는 성산일출봉. 어디를 봐도 영화 속 풍경이다. 카메라 렌즈를 들이대면 모두 작품이 되는 풍경. 하긴 그러니 이곳에서 드라마와 영화를 많이 찍었겠지만.

그런데 이제는 그 주변에 휘닉스아일랜드가 들어서 있다. 휘닉스아일랜드는 마리오 보타, 안토 타다오 등 세계적인 건축가들의 설계로도 유명하다. 들어가 구경이라도 할까 생각했지만 문득 저 멋진 건물도 사실은 자연과 더불어 있기 때문에 멋진 것 아닌가 하는 생각이 들었다. 참 이상하다. 도시에 있었으면 일부러 저 멋진 건물을 구경하러 갈 텐데 올레길을 걷다 보니 건물보다 자연이 좋다. 그래, 그냥 올레를 걷자.

제주올레를 걷다 보면 곳곳에서 만날 수 있는 제주조랑말.
새끼말이 어미말 주변을 맴돌고 있다.

섭지코지 가는 길이 올레길이 아니면 이제 여기서는 어디로 가지? 올레 표시는 어디에도 없다. 올레길을 걷다 조금 헷갈린다 싶으면 각 코스마다 있는 올레지기에게 전화를 하면 친절하게 바로 알려준다. 이 올레지기들은 올레길을 샅샅이 알고 있다. 한두 번 걸은 게 아니어서 그렇겠지만 그들은 놀라우리만치 자세히 알고 있다.

"여기요, 올인 촬영장 가는 길이고 휘닉스리조트가 있는데 이 길이 올레길 맞나요?"

아니나 다를까. 다른 길로 갔단다.

이상하다, 분명히 올레 표시를 따라왔는데.

알고 보니 맨 처음에는 올레길이었던 것을 이제는 코스를 바꿨단다. 다만 일일이 지울 길이 없어 그대로 뒀을 뿐. 만일 목적지를 두고 찾는 길이었다면 이쯤에서 올레지기에게 화를 낼 만하다. 그런데 올레가 무엇인가. 걸으면서 용서하고 치유하고 평화를 얻기 위한 것 아닌가. 게다가 올레지기는 돈 한푼 받지 않고 일하는 자원 봉사자다.

그래, 까짓! 걷기 위해서 온 건데 다시 걷지 뭐. 덕분에 멋진 광치기 해변을 봤잖아? 그런데 문득 아이가 말했다.

"어유, 내가 못 살아."

바로 뒤돌아서 다시 걷기 시작했다. 왔던 길을 다시 되돌아간다는 것은 유쾌한 일은 아니다. 어떡하나, 싫었지만 길은 한 갈래길만 있는 것은 아니다. 모든 길은 통하므로 옆길로 가면 된다. 다만 방향감각만 잃지 않으면 된다.

올레길을 처음 혼자 걸을 때도 코스 달성을 목표로 두고 걷지 않았다. 올레길을 걸으면서 얼마를 어떻게 하겠다는 목표 달성 의지를 갖는다는 것은 너무나 어리석다.

목표를 수치로 설정하고, 그 수치를 향해 달려가는 것. 그것은 조직에 몸담을 때 일이다. 그 때문에 머리카락 빠지고, 뱃살 불려가며 취하고, 말도 안 되는데 너무나 훌륭한 말이라고 맞장구치다 보면 어느 순간 방향감각을 잃게 된다. 내 삶의 방향이 문득 달라진 것을 느끼는 순간이 와도 그 방향을 틀기 쉽지 않은 게 조직 속의 나다. 조직에서는 '나' 이기 이전에 '조직원' 이기 때문에.

올레길을 걷는 것은 쉬기 위함이다.

그 쉼에 목표까지 둘 수는 없는 일이다.

걸은 길도 다시 걸을 수 있는 것이고, 되돌아갈 수도 있는 것이다. 걷기 위해 있는 것, 그것이 길이다.

마을의 녹슬고 오래된 건물에 그려진 제주올레 표시. 참 정겹다.

놀멍 쉬멍 간세다리

돌아가는 길은 해변 대신 차가 다니는 도로를 택했다. 잘 포장된 시멘트길이라 걷기에 팍팍하긴 하지만 유채꽃밭에서 사진 찍는 관광객도 볼 수 있고, 밭에서 일하는 사람들도 볼 수 있다. 도로변에 있는 유채밭에서는 버스를 타고 온 관광객들이 꽃속에서 사진을 찍고 있었다. 우리도 이 길을 걷지 않았다면 저렇게 차를 타고 꽃속으로 들어가 사진을 찍고 있겠지.

그런데 참 이상한 것은 차를 타고 여행할 때와 걸어서 여행할 때는 마음이 달라진다는 점이다. 급하지 않은 마음, 소박한 마음, 그러면서 넉넉한 마음.

시멘트길을 따라가니 도로와 이어진 읍내풍경도 만난다. 읍내에는 구멍가게도 있고, 떡집도 있고, 치킨집도 있고, 유명 프랜차이즈 편의점도 있다. 아이는 목매고 기다리던 아이스크림을 한 개 빨면서 흥얼댄다.

얼마를 가자 처음 출발했던 광치기 해변이 나타났다. 성산일출봉이 앞이다. 광치기 해변에서 해변길이 좋다고 성산일출봉을 뒤로 하고 걸으면 우리처럼 되돌아온다. 광치기 해변에서 바로 길을 건너면 저수지길이 나오는데 그 앞에 예의 바르게 제주올레 상징인 파란색 간세가 방향을 가리키며 서 있다.

간세는 제주 조랑말의 이름. 이 조랑말의 특징은 체구가 보통 말보다 작지만 강건한 체질에 성격이 용감한 것이다. '느릿느릿한 게으름뱅이'라는 뜻을 가진 제주말 '간세다리'에서 따온 이름인데, 제주올레에서 '간세'를 상징으로 한 것은 제주의 초원을 느리게 걷는 간세처럼 놀멍, 쉬멍, 간세다리로 천천히 가라는 의미.

그러니 올레는 천천히 갈 수밖에 없는 길이다. 조금 서둘러 걷다 문득 이 간세표시를 보면 '아참, 놀멍, 쉬멍, 간세다리인데'라면서 쉬어야 할 것 같다.

제주도의 상징 유채꽃.
제주 어디를 가도 유채꽃이 보일 것 같지만, 실상은 유채꽃밭 있는 곳으로 가야 한다.
안에 들어가 사진을 찍으려면 돈을 내야 하고, 밖에서 사진을 찍는 것도 안 된다.

비밀의 숲

2코스의 시작인 오조리 저수지에 들어서자 다시 시작이라는 생각이 들었다.
놀멍, 쉬멍이라고 생각하고 목표를 두지 않는다고 하면서도 오랫동안 사회
생활을 한 탓인지 저절로 목표가 생긴다. 그래서 목표를 두지 않는다는 목표
를 세우겠다고 마음먹는다, 이런!

저수지 위로 새 떼가 날아올랐다. 아이는 나름 열심히 카메라 셔터를 누르며
걷는다.

갑자기 차 한 대가 요란한 소리를 내며 우리 곁을 지나간다. 자동차도 다니는
길이었나 싶었는데 그 자동차는 얼마 가지 않아 건물 앞에 멈췄다. 건물 가까
이 가 보니 양어장이다.

양어장을 지나 숲으로 길이 이어졌다. 나뭇가지가 덮여 길이 잘 보이지 않는
데, 나뭇가지에 올레 표시 리본이 매달려 있다.

"비밀의 숲에 들어가는 것 같아요."

나뭇가지를 헤치며 아이는 '비밀의 숲'으로 흥분하며 들어갔다.

나뭇가지들로 길이 보이지 않는데
문득 올레 표시 리본이 펄럭였다. 올레!

보이지 않는 길. 인생은 어쩌면 그런 길을 걸어가는 것일지 모른다.

아이가 보기엔 이미 모든 것을 알고 있는 듯한 어른들의 세계. 그러나 그 어른들의 세계에 사는 사람들도 늘 '비밀의 숲'에 사는 것과 마찬가지다. 다만 그것이 '비밀의 숲'인지 모르고 살아갈 뿐. 따라서 늘 새로운 것들에 대해 흥분하는 것은 대단한 축복이다.

'비밀의 숲'은 아주 작은 오솔길로 이어지다 이내 작은 푸른 초원이 펼쳐졌다. 그 앞으로 성산일출봉이 보였다. 광치기 해변을 걸을 때는 성산일출봉을 뒤로 하고 걷고, 다시 돌아올 때는 성산일출봉을 바라보며 걷고, 오조리 저수지에서는 성산일출봉을 옆에 두고 걷기 시작했는데 문득 이렇게 떡하니 마주본다.

성산일출봉을 보며 제주조랑말 간세들이 주인이 가져다주는 먹이를 먹고 있었다.

"초원의 풀을 뜯는 줄 알았는데 저렇게 먹이를 갖다주고 키워야 하는구나."

아이는 보는 것마다 새롭다. 아이뿐인가, 나도 새롭다. 삶은 끊임없이 새로운 것들과의 대면이다.

44

이 작은 흙길로 나가면 성산일출봉이 턱, 하니 나타난다.

길에서 할머니들
밥을 얻어먹다

숲길이 끝나고 마을로 들어서자 곳곳에 비닐하우스가 보였다. 귤밭보다 야채밭이 많다. 귤밭이 많은 곳은 서귀포.

할머니 열댓 분이 앉아 비닐하우스 옆에서 점심 식사를 하고 계셨다. 아이가 할머니들을 향해 크게 인사를 했다.

"안녕하세요!"

"여기 와서 밥들 먹어."

시간을 보니 12시 5분. 할머니 한 분이 밥 한 그릇을 내미셨다. 옆으로 작은 가스통과 압력밥솥이 보였다. 아예 밥을 해 드시는 모양이다. 그런데 일부 할머니들은 찬기에 도시락을 싸갖고 오셨는지, 빈 그릇들이 보였다.

반찬은 콩나물 무침과 마늘순 간장절임, 그리고 쌈장. 통에 든 쌈장말고는 다른 반찬은 조금밖에 남아 있지 않다. 이미 식사를 끝내는 중이었던 것이다.

한 할머니가 당신 젓가락을 옷에 쓱쓱 문질러서 내미셨다. 아이는 처음에는 망설이는가 싶더니 이내 콩나물을 얹어서 맛나게 밥을 먹었다. 민박집 아주머니가 싸주신 주먹밥이 있는데 어쩌나 싶었지만 나도 거들었다.

할머니들은 어디서 왔냐, 몇 학년이냐, 한마디씩 하셨다.

"이렇게 잘 먹는데, 예쁘기도 하지. 추접스럽다고 안 먹을 수도 있는데, 세상에나 예쁘기도 하지."

당신 손자를 보듯 할머니들은 밥을 퍼먹는 아이를 대견스러워하셨다. 사실 나도 이런 경험은 처음이었다. 간혹 등산길에 과일이나 과자 등을 조금씩 얻어먹은 일은 있어도 길에서 밥을 얻어먹다니.

한 할머니가 당신이 먹은 대접에 압력밥솥에 있던 밥을 넣더니 남은 콩나물과 쌈장을 넣고 쓱쓱 비벼서는 아이에게 내미셨다. 밥 비빈 수저를 턱하니 꽂

아서는. 물론 그 수저는 당신이 드시던 수저다. 밥은 대접 한 가득이다.

순간 적잖이 당황스러웠다. 사실 집에서 아이는 까다로운 편이다. 삼겹살을 제일 좋아해 아침에도 삼겹살을 구워야 할 때도 있다. 당연히 나물 반찬만 있으면 입도 안 댄다. 그런 아이가 나름 분위기를 파악해서 먹는다 생각했는데 저건 또 어쩌나.

평소 아이가 콩나물을 좋아했던가? 그러고 보니 남은 콩나물도 아예 다 넣고 비비는 바람에 아이는 쌈장을 찍어먹고 있던 중이었다. 아이가 안 먹으면 내가 저 밥을? 아찔한 생각이 순간적으로 들었다. 안 먹는다고 할 수도 없고, 그렇다고 먹다 남길 수도 없고.

그런데 아이는 볼이 미어질 듯 정신없이 그 밥을 또 먹는다. 그 모습을 본 할머니들은 또 아이 칭찬을 늘어놓으신다. 아침밥을 적게 먹고 오래 걸어서 배가 고프기도 하겠지만 아무리 그렇다고 해도 두 번째 비빔밥 그릇까지 다 비워 내다니! 아이가 밥을 먹는 동안 이미 식사를 마친 할머니들은 모두 애만 쳐다보셨다. 밥을 다 먹은 아이는 배낭에서 육포와 껌을 꺼내 할머니 한 분 한 분에게 일일이 나눠드렸다. 아이의 얼굴이 환하다.

정신없이 밥을 먹고 있는 아이. 할머니들이 모두 아이만 쳐다본다.

할머니들과 헤어지고 나서 길을 걷다 물었다.
"너 아까 그 밥 맛있었어?"
"배고팠잖아요!"
"그래도 먹기 좀 그렇지 않았어?"
"그래도 어떻게 안 먹어요."
아이는 스스로 큰다.

마을을 한 바퀴 도는 동안 만난 사람은 혼자 걷는 젊은 여자 올레꾼 외에는
지나가는 할머니 두 분이 전부. 마을이 텅 빈 느낌이 들었다.
"왜 이렇게 사람이 없지?"
시골마을을 처음 가본 아이는 마을이 조용한 게 신기한 모양이다.
"모두 학교에 갔거나 일하러 갔겠지."
"5월 5일인데?"
"그렇군! 근데 정말 모두 어디로 갔지?"
"우리처럼 여행 갔나?"

천국정원에서, 올레!

올레 표시를 따라가다 보니 다시 또 하나의 저수지가 나타났다. 그런데 천연기념물 철새도래지이므로 출입을 금지한다는 현수막이 숲길 한쪽에 붙어 있었다. 다시 마을로 돌아가야 하나, 올레 표시는 여기로 나 있는데. 망설이다 겨울철새들이니 다 떠나지 않았을까 싶어 살살 걷기로 했다. 올레꾼들이 많이 다니지 않았는지 길에 풀이 잔뜩 올라와 있었다.

아이는 다시 멈춰 카메라 셔터를 누르기 시작했다. 저수지에 새들이 많이 있었다. 그렇다면 저것들이 천연기념물? 나중에 알고 보니 이 저수지에는 저어새, 노랑부리저어새, 황새, 고니, 흑기러기, 물수리 등 천연기념물이 많단다. 문제는 그런 것들이 많단다, 하는 것뿐 그 새들이 어떤 것인지 모르니 우리는 그저 그것들을 위해 조용조용 걸을 뿐이다. 아이는 어쩌면 우리가 찍는 사진들 중에는 천연기념물도 있을지 모른다며 목소리를 낮추고 카메라 셔터를 누른다. 새들이 물에서 낮게 하늘로 비상했다.

혹시 저 새가 천연기념물?
열심히 새들을 찍으면서 무슨 새냐고 물었지만 대답할 수 없었다.

저수지 길을 걸으며 보니 건너편도 또 저수지. 그런데 풍경이 낯익다. 아뿔싸! 우리가 걸어온 길이다. 저수지 한 바퀴를 빙 돈 것이다. 걸은 시간이 무려 2시간. 속았다는 느낌! 그런데 참 통쾌하다. 오히려 역시! 하면서 감탄사가 나온다. 올레길이 아닌 다음에야 이렇게 속고도 통쾌한 일이 또 있을 수 있을까.

저수지 옆의 좁을 길을 따라가자 넓은 꽃밭이 나타났다. 노란 민들레가 눈이 부셨다. 거기서 한번쯤 멈춰서고 싶었다. 그런데 날벌레들이 곳곳에서 기습을 해왔다. 아이와 나는 날벌레 떼를 피해 멈출 겨를 없이 서둘러 자리를 피했다.

다시금 얼마를 가자 아이가 멈춰 사진을 찍어댔다. 날아오던 날벌레 떼가 잠시 사라지기도 했지만, 무엇보다 풍경이 절경이다.

"완전 천국정원예요."

그랬다. 천국의 정원이 이런 모습일까 싶을 정도로 아름다운 정원이 펼쳐졌다. 암석과 물, 나무, 풀, 꽃들의 조화. 그 오밀조밀하면서도 단아한 모습. 올레길이 아니면 제주도를 수백 번 와도 이런 멋진 정원에 앉아 쉴 수 없는, 도저히 와볼 수 없는 곳. 그래서 올레!

아이와 나는 이 멋진 곳에 앉아 쉬었다.

"앗, 물고기들이 뛰어올라요!"

정말이었다. 물고기들이 물 위로 뛰어올랐다. 아이가 깜짝 놀란만큼 나도 놀랐다. 어떻게 물고기가 뛰어오르지?

"저 물고기 이름이 뭘까요?"

"그러게. 엄마도 모르겠는데……."

아, 엄마가 모르는 게 너무 많다!

천국정원에라도 들어선 듯 아름다운 곳.
땡볕인데도 저 돌다리 위에 앉아 앞뒤를 바라보며 한참을 앉아 있었다.

그때 핸드폰 전화벨이 울렸다. 우리보다 조금 늦게 출발한 후배가 대충 따라 잡은 듯하니 그만 멈춰 점심을 먹자고 했다. 그러고 보니 우리가 건너온 '천국정원' 저편이다.

"아이고, 간신히 날벌레 떼를 피해서 왔더니 또 거기로 가라고요?"

아이의 표정이 가관이다.

그런데!

후배가 점심 먹자고 신문지를 편 자리가 바로 노란 서양 민들레 꽃밭이다. 바로 날벌레 떼가 기승을 부리는 곳.

"날벌레 떼쯤은 이 멋진 꽃밭에서는 감수해야지."

신문지를 펴고 이미 자리에 앉아 있는 사람은 서명숙 제주올레 이사장이었다. 사실 내 멋진 후배는 안은주 제주올레 사무국장님이시다. 서명숙 이사장과 안은주 사무국장은 〈시사저널〉이라는 '한 시절의 좋은 잡지' 편집장 서명숙과 기자 안은주였다. 삶의 우여곡절 끝에 서명숙 선배가 올레길을 내자 그 올레길을 잠시 걸어보겠다고 내려가더니 아예 이삿짐 싸갖고 내려간 후배가 안은주다. 두 사람이 함께 길을 걷는 중이었다.

"아니, 너도 걸어?"

처음 안은주 사무국장이 함께 길을 걷자고 했을 때 대뜸 내 입에서 튀어나온 말이다.

"그럼, 우리도 걷지! 오늘은 5월 5일 어린이날, 휴일이잖아. 휴일엔 우리도 쉬거든."

그렇구나. 휴일엔 쉬는구나. 바쁜 서울을 떠나 천천히 살기 위해서 내려간 사람. 그런데 그녀는 늘 바빴다. 우연히 마주친 서울에서도 종종걸음으로 지하철역으로 내달리고 있었고, 맘먹고 만난 서귀포 카페에서도 커피가 다 식도록 여기저기 전화만 하다 약속이 있다며 일어섰다. 뿐인가, 어쩌다 핸드폰으로 전화를 하면 "내가 다시 전화할게." 하고 급히 끊기 일쑤다. 한번은 바쁜 그녀에게 말했다.

"아니, 놀멍 쉬멍이라며. 천천히 살라고 말하면서 정작 본인은 안 그러네."

"다른 사람들 천천히 살게 하려니 바쁠밖에."

제주올레라는 최고의 상품을 만든 사람들. 제주올레를 걸으러 제주도로 가는 사람은 얼마나 될까. 2007년 올레를 개장하고 2009년까지 올레를 찾은 사람은 25만여 명이라고 한다. 그리고 그 숫자는 점점 더 무섭게 늘어나고 있다. 그것의 상품적 가치를 계산한다면? 어휴, 이 속물근성! 그러나, 제주올레 이후 앞 다퉈 생긴 지리산 둘레길, 북한산 둘레길, 강화올레길 등의 길들은 모두 제주올레에서 시작된 것들이다.

우리나라 사람들뿐만 아니라 외국 사람들까지 걷고 싶어하는 제주올레(실제 올레를 걷는 동안 외국 사람들도 눈에 띈다). 그런데 사단법인 제주올레에서 일하는 후배는 서울에서 직장 다니는 또래들보다 훨씬 적은 월급을 받는단다. ((사)제주올레에는 많은 사람들이 자원봉사로 일을 하고 있다.) 그러고도 그 일을 위해 다들 밤낮으로 일한다. 이유가 뭐냐고 물으니 "그냥, 좋으니까."란다. 좋아서 하는 일은 힘들어도 재미있고 행복하다. 그러다 일 중독증에 걸리기도 하지만. 그러고 보니 그녀는 이미 올레 중독증에 걸린 것 같다.

길이란 본래 있기도 한 것이고, 없기도 한 것이다. 없는 길을 사람이 다녀서 길을 냈고, 그 길들이 시멘트 도로에 가려져 더는 걷는 사람들이 드물게 됐을 때 눈 밝은 이들이 그 길을 찾아 걷기 시작했다. 그리고 산티아고라는 세계적인 순례길을 걷고 온 서명숙 씨는 고향 제주에 제주올레를 만들었다. 있던 길을 잇고, 없는 길은 만들고, 사라진 길을 일일이 손으로 다듬어서. 그래서 눈 밝지 않은 이들도 이젠 걷는 길이 있다는 것을 알게 되고, 한 블록 바로 앞에 있는 수영장 갈 때도 차를 몰고 가던 나 같은 사람도 걷기에 중독되게 만들었다.

할머니들이 주신 밥을 두 그릇이나 먹어제낀 아이는 배가 부른지 민박집 아주머니가 싸주신 주먹밥엔 입도 안 대고 날벌레만 쫓느라 정신없다. 문득 서명숙 이사장이 배낭에서 막걸리를 꺼냈다.
꿀맛이다!
계속 신경 쓰이던 날벌레 떼도 어느새 보이지 않는다. 취했나?

궁금한 꼬불꼬불
올레 표시의 비밀

'천국정원'을 지나자 모던한 건물이 보인다. 성산하수종말처리장. 올레길을 걷다 보면 하수종말처리장을 곳곳에서 보게 되는데 건물들이 모두 근사하다. 그래서 괜찮은 콘도나 팬션쯤으로 보인다. 성산하수종말처리장도 예외는 아니었다. 특히나 '천국정원'도 앞에 있고, 테니스장도 있어서 콘도로 오해했다. 그 멋진 성산하수종말처리장 옆 올레길로 나가는 벽에 이런 글귀가써 있었다.

'올레꾼을 위한 화장실 →'

참 고맙고 예쁘다. 그리고 반갑다. 길을 걷다 가장 불편한 것이 바로 화장실 가는 일 아닌가.

시멘트길을 타박타박 걷는다. 올레를 걸을 때 올레 표시를 찾는 즐거움은 참 크다. 지금은 한 기업체에서 만들어준 간세 상징물이 서 있지만 그것보다 더 반갑고 좋은 것은 화살표 표시와 파란리본과 노란리본이 펄럭이는 모습.

길은 어디와도 통하므로 올레 표시가 없는 길을 걷는 것도 문제가 안 된다. 그러나 올레 표시가 있는 길은 이미 선택받은 아름다운 길이다.

"그런데 왜 화살표가 똑바르지 않아요? 보통 화살표와 달리 시옷자 모양이고 구불구불하잖아요."

그러고 보니 그랬다. 난 그냥 화살표로만 생각하고 그걸 따라 길을 걸어갈 뿐이었는데 아이 눈에는 화살표긴 화살표이되 다른 것이 눈에 들어온 모양이다.

"심술꾸러기 올레 아저씨들이 그렇게 만들었어. 그냥 똑같이 화살표로 하면 재미가 없나? 내 성이 서 씨니까 '‹' 대신 'ㅅ' 표시를 썼고, 선이 구불구불한 것은 올레길이 구불구불하니까."

서명숙 이사장의 설명이다. 비로소 나는 아하, 한다. 한번도 궁금해하지 않았던 것을 아이 때문에 비로소 궁금해하고 답을 얻는다. 아이처럼 늘 의문을 갖고 그것의 답을 찾을 수 있다면. 그러나 살다 보면 궁금한 것들은 점점 사라지고 어떻게 해야 할까 하는 일들만 늘어난다.

어느새 아이와 서명숙 이사장이 함께 걷고 나는 은주랑 함께 걷고 있다.

"나도 다른 곳에 올레길 만들어야지!"

길을 걷던 재영이가 자기도 다른 곳에 올레길을 만들겠단다. 제주도는 이미 서명숙 선생님이 만들었으니 자기는 서울에 만들면 좋겠다나.

"이미 지리산이랑 북한산이랑 다 사람들이 만들었어."

"에휴! 그럼 우리 동네에 만들면 어떨까요?"

"우리 동네는 꼬불꼬불한 길들이 없잖아. 아파트와 공원뿐인데 뭘 만들어?"

"그래도 어디로 가면 더 좋은 길로 갈 수 있다, 뭐 이런 거 만들면 되지 않을까요?"

그러자 서명숙 이사장이 거들고 나섰다.

"그거 좋은 생각이다! 어떤 색깔로 표시할래?"

나는 아파트 단지에서 뭘 할 수 있을까 생각했는데 서 이사장은 아이의 의견에 동의했다. 아이와 대화를 하다 보면 정작 부모가 생각을 잘라내는 경우가 있다. 번번이 아이의 생각을 같이 따라가는 것이 귀찮기 때문이다. 다른 사람이 이렇게 생각을 거들어줄 때, 아이에게 미안한 생각이 든다.

길과 오름으로
이어지는 제주올레

제주올레는 길들과 오름들로 이어진다. 제주도는 화산이 폭발해서 만들어진 섬. 오름은 바로 기생화산이다. 제주도에는 약 360여 개의 기생화산들이 저마다 다른 풍경을 보여주고 있다. 2코스 길에는 오름이 두 개 있다. 오조리 마을 들어서기 전의 식산봉과 또 하나는 성산하수종말처리장과 고성윗마을 지나 있는 대수산봉.

식산봉은 옛날에 왜구의 잦은 침입을 막기 위해 군량미가 많이 쌓여 있는 것처럼 오름을 꾸민 데서 비롯됐다고 한다. 이후 멀리서 오름의 모습을 본 왜구들은 군량미가 저렇게 많이 쌓여 있으면 군사는 또 얼마나 많겠는가 하고 지레 겁을 먹어 이후부터는 침입하지 않았다고 한다.

우리는 미처 식산봉은 가지 못했다. 일부러 가지 않은 것이 아니라 그만 표시를 놓쳐버렸기 때문이다. 식산봉을 한 바퀴 돌아 다시 마을로 들어서게 되는데 우리는 그냥 마을 표시만 보고 길을 걸은 탓이다. 그런들 어떠리. 그냥 길인데, 라고 생각하지만 그래도 아쉽다.

서명숙 제주올레 이사장과 안은주 사무국장, 이재영이
대수산봉을 오르고 있다

ⓒ 임후남

올레길을 만든 사람과 함께 걸으니 더 이상 길을 빠트릴 일은 없다. 이제 대수산봉 오름으로 길이 이어진다.

'큰물뫼'라는 뜻을 가진 대수산봉 오르는 길은 약간 경사가 졌다. 하긴 오름이니. 아이는 어느새 저만치 앞서간다. 나는 더 천천히 가고 싶은데.

때마침 은주가 고사리를 발견하고는 하나씩 꺾기 시작했다.

아니 근데, 고사리를 어찌 알지?

"나 촌것이잖아."

그제야 안다. 그녀의 고향이 어디인지. 참 무심하다 싶다. 그런데 또 그것이 무슨 상관일까. 개인적으로 내가 끔찍하게 여기는 것 중 하나는 출신으로 사람을 단정 짓는 일. 그래서 별로 관심을 갖지 않는다.

은주를 따라 고사리를 찾아봤다. 그런데 내 눈에는 고사리가 보이지 않는다. 몇 번 엉뚱한 것을 꺾다 아예 고사리 샘플을 하나 들고 찾기 시작하자 드디어 눈에 보였다. 먼저 올라가 기다리던 아이가 우리 손에 들린 고사리를 보자 자기도 찾겠다고 나선다. 이것저것 엉뚱한 것을 가리키다 드디어 아이도 고사리를 알아본다.

올라가다 보니 무덤이 하나 보였다. 그 무덤 위쪽에 고사리들이 푸릇푸릇 피어 있다. 아이는 소리를 지르며 올라가 보이는 대로 땄다.

오름 정상에 오르자 산불감시원 초소가 있었다. 초소를 지키고 있던 산불감시원 아저씨는 매일매일 대수산봉에서 일어난 일들을 노트에 빼곡히 적어두고 있단다. 지팡이 만드는 솜씨가 예사롭지 않은 멋쟁이 아저씨가 우리들 손에 있는 고사리를 보자 다 펴놓으란다.

"이런 건 못 먹어요. 가지가 이렇게 갈라진 건 너무 뻬센 것들이라 삶으면 못 먹거든."

먹을 만한 고사리를 아저씨가 골라내고 보니 한줌도 안 됐다.

"그래도 저건 먹을 수 있지 않을까요?"

마치 과제물 검사를 받듯 얌전히 서 있던 우리는 힘들게 딴 고사리들이 버려지는 것이 안타까워 다시 집어들었다. 그러나 아저씨 한 마디에 그만 고사리를 내려놓고 말았다.

"그거 못 먹어요. 말렸다 삶으면 나뭇가지 같거든."

대수산봉 산불감시원 초소에 계신 고건봉 아저씨. 아저씨는 매일매일 대수산봉에서 일어난 일들을 기록하고 있다.

대수산봉 정상에서는 우리가 걸어온 길들이 한눈에 보였다. 그리고 멀리 바다와 성산일출봉이 보였다.

"엄마, 또 성산일출봉예요. 하루 종일 어딜 가나 보이는군."

우리는 하루 종일 성산일출봉을 벗어나지 못하고 있었던 것이다.

올라갔던 길과 다른 반대편 길로 내려오니 공동묘지가 눈앞에 펼쳐졌다. 그런데 공동묘지가 전혀 무섭지 않았다. 만일 아이와 단둘이, 혹은 혼자 길을 가다 공동묘지를 만났다면?

공동묘지가 나타나자 아이는 뛸 듯이 기뻐했다.

"우와, 여기 고사리 진짜 많아요!"

그랬다. 무덤가에는 고사리 천지였다. 산불지기 아저씨에게 쓸 만한 것이 어떤 것인지 배우기도 했겠다, 이젠 고사리 따는 게 일도 아니다. 아이와 나, 은주는 무덤가를 맴돌며 고사리를 땄다.

문득 시인 조은의 '무덤을 맴도는 이유' 라는 시가 생각났다.

알 수가 없다
내가 자꾸 무덤 곁에 오게 되는 이유
무덤 가까이에 몸을 둬야
겹겹의 모래 구릉 같은 하늘을 이고
나를 살게 하는 것들이
무덤처럼 형체를 갖는 이유

– 중략 –

알 수가 없다
무덤만 있는 이곳에 멈춰 있는 이유
막막함을 구부려 몸속으로 되밀어넣으며
싱싱했던 것들이 썩는 열기를
느끼고 있는 이유

사람들이 몇 줄 글로 남겨놓은
비문을 찾아 읽거나
몸을 잿더미처럼 뒤지며
한 생명이 무덤 곁에 있다
–조은의 '무덤을 맴도는 이유' 중에서

초등학교에 입학하기 전, 여섯 살 때까지 나도 시골에서 자랐다. 기억속의 시골집에는 할머니와 남동생만 있다. 그 시골집의 너른 마당가 끝에 있던 우물과 그 옆의 감나무, 그리고 뒤결의 대숲과 새빨간 딸기가 자라던 작은 텃밭. 할머니는 종그래기에 빨간 딸기를 따서 우리를 주곤 하셨다.

그 시골집의 유일한 놀이터는 마을 뒷산에 있던 무덤가. 희미한 기억 속의 그 놀이터는 햇살 가득하고 마른풀내가 가득하다. 아마도 겨울인 모양이다. 그 때 같이 놀던 친구는 누구였을까, 그들은 모두 어디로 갔을까.

내가 기억을 끌어올리며 고사리를 따는 사이 서명숙 이사장과 은주는 무덤에 기대 담배를 피웠다. 일찍이 《흡연여성잔혹사》라는 책을 쓴 저자답게 서 이사장의 담배사랑은 끔찍하다.

늘 담배 피우는 사람은 정말 이해가 안 된다는 아이, 크면 절대 담배를 안 피우겠다는 아이가 이들이 곳곳에서 담배를 맞게 피우는 모습을 보자 한마디 한다.

"엄마, 근데 커서 가끔씩 담배 피우면 어떨까요?"

맙소사! 이래서 환경이 중요한 거군.

대수산봉 아래 공동묘지가 보이자 아이가 소리쳤다. "고사리다!"

너무 반갑고 고마운 올레 화장실.
길을 걷다 이보다 더 반가운 것이 또 있을까?

어느새 오후 4시. 아침 9시부터 걸었는데 놀멍 쉬멍 걸은 덕분에 7시간을 걸었어도 힘들지 않다. 하루 종일 산책한 기분. 2코스는 조금 더 가야 하는데 민박집 아저씨가 데리러 오셨다. 일찍 다 같이 저녁을 먹자는 민박집 아주머니의 배려(?)다. 그런데 내가 묵은 이 '세화의집' 민박집 주인이 바로 2코스 올레지기란다. 그리고 예사롭지 않은 노래솜씨는 역시 올레 행사 때마다 초청받는 올레 대표 가수님의 솜씨였다.
아침상이 떡 벌어졌다고 감탄했던 것이 무색하게 더 근사한 저녁밥상! 아이는 코를 박고 밥을 먹어댄다.

"아니, 저렇게 잘 먹는 애가 왜 저리 삐쩍 말랐나? 집에서는 제대로 안 해 먹이는 모양이지?"
뭐라 할 말이 없다.

전직 체조 국가대표
민 박 집 아 저 씨

원래는 올레코스만 걸을 계획이었다. 그런데 민박집 아주머니의 강력추천으로 둘째 날은 거문오름을 오르기로 했다. 추천뿐만 아니라 예약까지 해주신 덕분이다. 거문오름은 최소한 이틀 전에 예약을 하지 않으면 들어갈 수 없다. 거문오름은 2008년 우리나라에서는 처음으로 한라산 일대와 용암동굴, 성산일출봉 등과 함께 세계자연문화유산이 됐다. 2009년에는 국제트레킹대회를 치르기도 했다.

거문오름은 오전 9시, 10시, 11시 세 번만 탐방이 가능하다. 탐방도 문화해설사를 따라 설명을 들으면서 정해진 트레킹 코스를 따라가야 한다. 다만 내려올 때는 각자 내려올 수 있다.

거문오름까지 또 친절한 민박집 아저씨가 태워다주셨다.

"내가 지금 고사리를 한창 뜯어야 할 땐데 이래 차 태워다주고 왔다갔다 하면 고사리를 뜯을 새가 없어요."

아, 고사리!

민박집 마당에 잔뜩 널린 고사리, 아침 밥상에 오르던 그 고사리들.

"우리도 어제 무덤에서 고사리 땄어요."

"우리는 무덤에서 딴 건 안 먹어요."

신나서 떠드는 아이에게 아저씨가 한마디 툭 내뱉는다. 그러고 보니 무덤에 고사리가 많은 이유가 있었다. 우리 같은 사람이나 무덤에서 고사리를 뜯지 누가 고사리를 뜯겠는가. 지천에 널린 게 고사린데.

아저씨 말은 경상도 사투리가 심해서 좀처럼 알아들을 수 없다. 가만가만 새겨들어야 한다. 체조 국가대표였다는 아저씨가 말했다.

"나이 먹어 생각하니까 어머니와 여행 다닌 게 가장 기억에 많이 남아요. 내가 체조하기 싫다 하면 날 데리고 절에 가셨어요. 그때 전국에 있는 크고 좋은 절은 다 가봤지요. 포장도 안 된 자갈길을 어머니가 앞장서 가면 그 뒤를 따라가곤 했어요. 아무 말도 하지 않고 그냥 절에 가서 스님 만나고 오고 그랬지요. 그러고 나면 갑갑증이 사라지곤 했는데 나중에 생각해 보니 그게 그렇게 좋을 수가 없어요."

어머니를 추억하는 동안 아저씨는 소년이다. 은퇴 후 도시생활을 접고 3년째 제주도에 살고 있다는 아저씨. 음악을 전공한 아줌마와 전직 국가대표 체조선수 아저씨의 젊은 시절 모습을 잠깐 상상해 본다.

'세화의집'에서는 우리처럼 묵었다 가는 사람을 '손님'이라고 하지 않는다. 대부분 젊은 여자들이다 보니 '우리 애'라는 호칭을 쓴다. 처음에 그 말을 들을 때는 정말 '세화의집' 아이들인 줄 알아들었다. 이곳을 다녀간 사람들이 보낸 엽서들에는 '아버님' '어머님'이라는 호칭이 붙어 있다.

아침밥을 먹을 때는 꼭 아저씨가 먼저 수저를 드셔야 우리가 밥을 먹을 수 있다. 물론 아저씨가 수저를 들기 전에 밥을 먹는 예의 없는 사람도 있을 수 있겠지만 아저씨가 먼저 수저를 들고, "자, 먹읍시다!" 하면 식사를 할 수 있는 분위기인 것이다. 집에서 아버지가 먼저 수저를 드셔야 우리가 먹을 수 있었듯.

한상 가득 차린 아침밥에 주먹밥과 보리차까지 싸주고, 올레 셔틀버스 타는 곳까지 태워다 주고 다시 데려오는 일이 모두 하루 숙박비에 포함돼 있으니 참 '착한' 가격이다. 버스 타는 곳까지만 태워다 주셔도 되는데, 거문오름까지 기어이 데려다 주라는 아주머니 말씀에 아저씨는 꼼짝없이 우릴 태워 금방이라는 거리를 30분 동안 달리셨다. 밤새 내린 비로 고사리들이 솟아났을 텐데, 그 고사리 빨리 뜯으러 가야 하는데 구시렁거리시면서.

거문오름 해설사, 선흘리 이장님

거문오름에 오르기 전 관리사무소 앞에서 주의사항을 들었다. 문화유산해설사 아저씨는 거문오름이 있는 조천읍 선흘 2리 김상수 이장님. 문화유산으로 지정돼 있어도 아직 마을에서 관리를 하고 있는데, 이장님을 비롯 다섯 분이 현재 문화유산해설사 자격증을 갖고 거문오름을 해설하고 있다. 아직 입장료도 받지 않고 있지만 곧 입장료도 받고 관리도 정식으로 할 예정이라고 한다. 거문오름이라고 하는 것은 오름숲이 검은색을 띠고 있는 데서 나온 말로서 신령스러운 산이라는 뜻을 갖고 있다.

거문오름은 선흘리 마을 뒷산. 그러다 보니 관리사무소 뒷길로 마을길을 따라 뒷산으로 들어간다. 산 입구가 큰 길을 내는지 공사중이어서 우리는 다른 산길로 접어들었다. 산길로 접어들자 삼나무 숲이 이어졌다. 제주에서 가장 많이 볼 수 있는 나무가 바로 삼나무.

거문오름에 들어서자 곧바로 삼나무 숲이 펼쳐졌다. 거문오름 곳곳에 있는 갱도 입구, 거문오름을 보호하기 위해 만들어진 나무 데크, 고구마 모양으로 만들어진 화산탄 모습.

꼭 한 사람씩만 지나갈 수 있는 산길을 따라가는 동안 이장님의 설명은 계속됐다. 거문오름의 특징과 생태 등등. 문득문득 가던 길을 세우고 나무도 설명하시고, 지형도 설명하시고, 암석도 설명하시고, 땅도 설명하시고. 열심히 뒤를 따라가는 우리는 숨이 찬데 아저씨는 숨도 차지 않는다.

"거문오름의 화산지질학적 특징은 곶자왈이라고 부르는 용암협곡이 형성된 것입니다. 거문오름에서 분출되어 선흘마을의 동백동산까지 흐른 용암류를 거문오름 현무암이라고 하는데요, 이 용암은 알칼리현무암입니다."

말이니 다 듣기는 하지만 솔직히 잘 알아듣지는 못한다.

거문오름을 함께 오른 일행들은 신혼부부 두 쌍과 광주에서 왔다는 청년 한 명과 우리. 재영이와 청년은 바짝 아저씨 뒤를 따라가는데, 신혼부부 두 쌍은 저만치 뒤떨어져 온다.

거문오름에는 태평양전쟁 당시 일본군이 파놓았다는 갱도가 10여 개 있다.

"이 갱도진지는 일본군이 제주도를 최후의 전쟁기지로 삼았다는 걸 보여주는 증거들입니다. 거문오름 일대에는 일본군 6천여 병력으로 구성된 108여단 사령부가 주둔했거든요."

갱도뿐만 아니라 화전민이 산 흔적도 있다. 또 숯 가마터와 그 옆에서 사람이 산 흔적도 있다. 트레킹 코스 곳곳은 나무데크로 포장이 돼 있다. 이 좋은 흙길을 그냥 걷게 하지 왜 그럴까 하는 의문이 들었다.

"거문오름은 표토층이 적은 데다 새까만 화산화토는 밟으면 밟는 대로 꺼지는 성질을 갖고 있습니다. 한번 훼손된 땅은 쉽게 복구가 되지 않죠. 땅속에서 빨간돌들이 나오기 시작하면 원상회복이 안 돼요. 걸어올 때 군데군데 땅 위의 나무뿌리들 보셨죠? 그것은 뿌리가 뻗어 올라온 게 아니라 사람들이 흙을 밟아서 땅이 내려앉은 거예요. 그래서 관리 차원에서 나무데크를 만들어 놓은 거죠."

그러고 보니 나무 데크가 없는 길을 걸을 때 땅바닥이 푹신푹신한 느낌이 들었는데 바로 그런 이유 때문이었다.

죽은 나무 속 개미들. 아이는 이 사진을 찍고도 오래도록 개미집에서 시선을 떼지 못했다.

한참을 걷다 조금 뒤쳐진 신혼부부들을 위하여 이장님이 잠시 발을 멈췄다. 멈추고 보니 공기가 달랐다. 아래로 굉장히 상큼한 바람이 지나는 느낌이 들었다. 뒤쳐진 일행들이 다 오자 이장님이 바닥에 편히 앉으라고 했다.

"시원하지요? 제가 여러분들을 위해 특별히 여기 밑에 에어컨을 준비해놨습니다."

이건 무슨 소리?

"하하하, 당연히 농담입니다. 여기 밑으로 지하 동굴들이 발달해 있는데 여기에 서면 더울 때는 이렇게 시원한 바람이, 추울 때는 따뜻한 바람이 나옵니다. 자연의 신비죠. 저 아래 숲은 원시림 그대로예요. 정말 인간의 손이 닿지 않은 원시림 그대로지요."

나무 위 딱따구리집을 본 아이
가 그 안을 보고 싶어하자 같
이 가던 청년이 아이를 번쩍
안아 안을 보여줬다.

신기했다. 여기까지 오는 동안 숲냄새에 취해 걸었는데 이 바람은 느낌이 다르다. 그만 일어서 다음 코스로 이동해야 한다는데 일어나기 싫다. 그냥 드러누워 한숨 자고 싶은 마음이 간절하다. 다음에 혼자 오면 그렇게 해야지, 라고 생각하지만 이곳은 절대 혼자 들어올 수 없는 곳이다. 취사는 물론 음식도 먹을 수 없다. 먹을 수 있는 것이라곤 물뿐이다. 그래서 메고 온 배낭들은 모두 안내소에 맡기고 걷는다.

얼마를 가자 계속되던 이장님의 설명이 끝이 났다. 일행들은 그곳에서 인사를 나누었다. 우리는 옆으로 이어진 트레킹 코스를 따라 거문오름을 한 바퀴 돌아나가는 길로 접어들었다.

오르락내리락 길이 만만찮다. 그래도 좋은 것은 정상에 올라가면 시원한 바람이 불고 산 아래 숲과 마을들이 펼쳐 보인다는 것. 곳곳의 쉼터도 있다. 그러나 우리는 날씨가 좋지 않아 산 아래 풍경은 보지 못했다.

앞서거니 뒤서거니 하면서 길을 걷던 청년과 재영이가 어느새 친해져 둘이 걷고 나는 뒤따라 걷게 됐다. 나무도 설명하고, 산 아래 마을도 설명해주는 친절한 청년, 아이는 그 청년과 휴대폰 번호를 주고받았다. 또 사람을 만난 것이다.

산에서 내려오니 어느새 오후 3시.

민박집 아주머니가 싸주신 주먹밥과 삶은 계란을 꺼내고 매점에서 사발면을 사서 다 펼쳐놓으니 거한 점심식탁이 되었다. 함께 걷던 청년은 물론 뒤늦게 내려온 신혼부부와도 나눠 먹었다. 길에서는 서로 음식을 나누는 것이 참 정겹다. 4시간 정도 걸리는 코스. 중간에 약간 오르는 길이 있어서 숨이 턱에 차기도 하지만, 더할나위 없이 멋진 코스. 안 갔으면 정말 후회했을 것이다. 거문오름도 올레 코스에 넣으면 좋을 텐데, 하는 생각이 든다.

"보호 차원에서 하지 않고 있습니다. 어차피 올 사람들은 각자 예약을 하고 오니까요."

나만 그런 생각을 한 것이 아닌지, 이장님이 친절하게 말씀해주셨다.

멋진 제주 올레 사무국에서
차 한 잔 얻어 마시다

올레길 셋째 날. 우리는 제주올레 사무국으로 갔다. 제주올레 사무국은 서귀
포시 소정방폭포 옆에 있다. 올레 6코스의 중간쯤.
1층에는 올레꾼들을 위한 휴게소와 두건, 손수건, 엽서 등을 파는 예쁜 자원
봉사 아줌마가 있다. 올레꾼들은 이곳에서 커피 한 잔 얻어 마실 수 있고 한
켠에서 간세 인형도 직접 만들어 볼 수 있다. 2층 사무실로 들어가니 창 너머
로 탁 트인 바다다. 3층 옥상에서는 날이 맑아 한라산이 다 보인다.
서울 소음 가득한 사무실과 이곳 사무실을 비교해 본다. 여기 내려와서 살아
볼까, 잠시 꿈도 꿔가면서. 안은주 사무국장이 담배연기를 길게 내뿜는다.
서울에서 저리 피웠으면 한마디 했을 것을, 이 멋진 풍경과 푸른 공기 앞에
서니 모든 게 다 포용된다.
이곳의 옛 이름은 '소라의성'. 아주 멋진 건물이다. 건축가 고 김중업의 작품
으로 오랫동안 음식점으로 사용됐던 건물. 그러나 일대가 지반침식 및 암벽
붕괴의 위험이 높다는 진단을 받자, 2003년 서귀포시에서는 건물을 사들여
철거를 계획했다. 하지만 건물의 역사성과 예술성을 고려해 철거가 보류되
면서 비어 있던 것을 (사)제주올레가 사용하고 있는 것이라고 한다.
제주올레 사무국에서 나와 오른쪽으로 가면 6코스 끝 외돌개를 향하고, 왼쪽
으로 가면 6코스 시작 쇠소깍을 향한다. 어디로 갈까 잠시 망설이다 이미 아
이가 내려가 있는 왼쪽 쇠소깍을 향한다.
길은 같은 길이지만 바로 가는 길과 거꾸로 가는 길의 풍경이 다르다. 산도
오를 때 풍경과 내려올 때 풍경이 서로 다르듯. 그리고 같은 길을 걸어도 서
로 보는 것이 다르다.

(사)제주올레가 있는 소라의성. 2층으로 올라가는 계단이다.

(사)제주올레 옥상에서 바라본 푸른 바다(좌)와 한라산(우).

해안가에서 윗길로 올라오니 KAL호텔이다. 올레 표시를 따라 얼마를 걷다
보니 호텔 담을 끼고 다시 해안가로 내려가는 길이다. 호텔 마당을 가로지르
면 되는 길, 또 속았다!

아이는 올레 표시를 나보다 더 잘 찾았다. 혼자 걸을 때는 이 길로 갈까, 저 길
로 갈까 망설이기 일쑤였고 몇 번은 길을 잃기도 했다. 심지어 바닷가로 잘못
내려가 기암괴석 위에서 올레지기에게 전화를 해서는 되돌아온 일도 있었
다. 사람 하나 없고 바닷물은 바로 앞에서 찰랑거리고.
혹시라도 밀물 때여서 물이 들어오기라도 한다면 꼼짝없이 죽은 목숨이 되
는데 싶어 등 뒤에서 식은땀이 흘렀다. 올레 책자를 보다 보니 기암괴석 바

닷길도 있는 듯해 길인가 하고 갔던 것이 잘못 접어든 것이었다. 허둥지둥 바닷가 바위들을 타며 빠져나오는 모습을 누군가 보고 있었다면 그야말로 웃음거리였을 것이다.

아이가 초등학교 1학년 겨울방학 때 단둘이 일본여행을 갔다 생각한 것이 '다시는 혼자 애를 데리고 여행하지 않는다' 였다. 얼마나 빨빨거리고 돌아다니는지 애 찾으러 다니느라 아무 것도 할 수 없었다. 뿐인가, 말은 얼마나 많은지 한시도 조용히 있지 않았다. 직장을 다니면서 잠깐의 휴가에 여행을 갔던 터라 나 역시 팔팔한 편은 아니었는데 아이 뒤치다꺼리를 하려니 진이 빠졌다. 자연스레 짜증을 내게 되고, 야단칠 일도 아닌데 아이에게 소리를 질러댔다.

엄마가 행복해야 아이가 행복하다, 는 말은 진리다. 그 진리를 모르는 바가 아니지만 엄마가 행복한 게 어디 쉬운 일인가. 엄마가 행복하면 온 세상이 다 행복한 거다.

제주올레를 걷기 일 주일 전 가족 모두 북한산 종주를 했다. 불광동에서 족두리봉을 거쳐 비봉-승가봉-문수봉-대남문-대성문-보현문-대동문-용암문-노적봉-만경대-위문-백운대까지 무려 8시간의 여정이었다. 산에 오를 때 남편은 언제나 나와 적당한 간격을 유지하면서 앞에 있거나 뒤에 있거나 한다. 손을 잡아주거나 하는 일은 없다.

그런데 이젠 아들이 손을 잡아줬다. 가파른 길에서 먼저 오른 아이가 뒤로 돌아서더니 내게 손을 내밀었다. 조금 위험한 길에서는 발을 디뎌야 할 곳을 지시하기도 했다. 다 컸다, 하는 생각이 저절로 드는 순간들이다.

올레길에서도 아이는 문득문득 '보호자'처럼 굴었다. 아들은 어느 정도 자라면 엄마를 보호하려 한다더니 맞구나 싶었다.

초등학교 6학년, 만으로 치면 이제 11년 6개월짜리 아들과 함께 길을 걷는 것은 참 행복하다. 생각했던 것보다 아이가 많이 자랐다. 집에서 아이를 챙길 때는 아이가 한없이 어린 것만 같은데, 밖에 나오면 다르다.

아이 키우기,
때때로 밀려드는 그 막막함

제주올레를 만든 서명숙 이사장이 쓴 《놀멍 쉬멍 걸으멍 제주걷기여행》을 읽다 눈물을 콱 쏟은 대목이 있다. 바로 큰아들 이야기가 나오는 대목이다.

'부모 속을 어지간히 썩인 놈이었다. 기자 노릇 하느라고 엄마 노릇 못한 죄값을 이자까지 보태서 치르게 한 아이였다. 초등학교 고학년부터 중학교를 마칠 때까지 노상 선생님께 불려 다녔다. 친구들과 어울리지 못한다, 유리창을 깼다, 미술시간에 준비물을 안 가져왔다, 선생님에게 말대꾸하고 반항했다 등등.
중학교 3학년 때는 기술선생님에게 혼이 난 뒤 사흘을 가출해서 애간장을 다 녹였다. 아파트 경내의 정자에서 휴지처럼 구겨져 자는 아이를 발견하는 순간 엄습한 감정은, 반가움도 분노도 아니었다. 그저 막막함뿐이었다. 이 질풍노도의 계절이 끝이 날까, 대체 끝이 있기는 한 걸까.'

서명숙 이사장이 산티아고를 가겠다고 가족들에게 말했을 때 '남편은 그동안 나돌아다니느라고 애들도 못 돌봤으니 이제부터 집에 들어앉아 살림이나 제대로 하라고, 어머니는 다 늙은 여자가 무슨 배낭여행이냐고 펄쩍' 뛰었단다. '20년 넘게 뼈 빠지게 일하면서 휴가도 변변히 못 써' 본 서명숙 이사장이 '분하고 서러워 거실에서 어린애처럼 대성통곡' 할 때 그 '애간장을 다 녹인' 큰 아이가 어린애 달래듯이 등을 토닥거리며 속삭이더란다.

"엄마 걱정 마요. 엄마는 여행 갈 자격이 충분히 있으니까."

'엄마학교'를 만든 서형숙 씨는 좋은 엄마가 되는 건 의외로 간단하다고 말한다. 집으로 돌아오는 아이를 향해 활짝 웃어주기만 하면 된단다. 일하는 엄마들의 가장 큰 맹점은 바로 여기에서부터 출발한다. 집에 들어오는 아이를 맞이할 수 없다는 것.

퇴근해서 돌아와 저녁밥 해먹고 나면 엄마도 파김치가 된다. 저녁 설거지를 하고 나면 내일 아침거리도 준비해야 하고, 나도 씻고 쉬어야 한다. 그런데 아직 어린 아이는 숙제나 준비물을 스스로 챙길 수 없다. 그나마 이렇게 제 시간에 퇴근하는 것은 다행이다. 잦은 야근은 또 어떻고. 그래서 그 어린 아이에게 늘 말했다.

"스스로 해야지. 스스로! 대체 언제까지 엄마가 도와줘야 하지?"

아마 우리 아이는 기어다닐 때부터 듣지 않았을까 싶다.

초등학교 1학년 때 일이다. 학교 수업이 끝난 후 방과후학교로 가는 서틀버스를 타려면 10분 정도 걸어야 했다. 처음 두 번, 아이가 끝나는 시간에 학교 앞에서 기다렸다 가는 길을 알려주며 함께 갔다. 길만 외워두면 그리 어려운 일이 아니라고 생각했다. 그런데 아침마다 아이가 말했다.

"엄마가 데리러 오면 안 돼요? 다른 애들은 다 엄마가 기다리는데."

단호하게 안 된다, 엄마는 갈 수 없다고 말했다.

그러던 어느 날, 근처에서 일을 보고 아이가 끝날 시간에 학교 앞에 가서 아이를 기다렸다. 1학년이라 대부분의 엄마들이 학교 앞에 서 있었다. 담임선생님이 반 아이를 데리고 나와 한 명 한 명 인사를 나누고 계단에서 내려 보내면 아이들은 제 엄마를 찾느라 두리번거렸다. 드디어 아이가 보였다. 아이는 선생님과 인사를 하더니만 고개를 푹 숙이고 계단을 내려왔다. 다른 아이들처럼 엄마를 찾으러 두리번거릴 일이 없는 것이었다.

그러다 문득 아이가 고개를 들어 내 눈과 마주친 순간, 아이의 얼굴이 확 달라지면서 내게로 내달렸다. 나는 아이를 반짝 안았다. 아이도 하하 웃고, 나도 하하 웃는데 순간 눈물이 핑 돌았다.

《새들은 페루에 가서 죽는다》《자기 앞의 생》 등으로 잘 알려진 프랑스의 작가 로맹 가리는 그의 자전적 소설 《새벽의 약속》에서 자신의 인생은 인생의 새벽, 바로 어린 시절 어머니와의 약속을 지키기 위해서였다고 고백한다. 러시아 연극배우였던 로맹의 어머니는 이민자로 남편 없이 어린 아들을 혼자 키우면서 요즘말로 치면 극성엄마 중의 최고의 극성엄마였다.

그 어머니는 아들이 바이올린을 하면 위대한 바이올리니스트가 될 거라고 말하고, 시를 쓰면 위대한 시인이 될 거라고 말한다. 어머니에게 아들은 곧 신앙이었던 것이다. 가난한 동네 골목에서 싸움이 일어나면 어머니는 8살짜리 아들을 앞세워 큰소리로 말하곤 했다.

"더럽고 냄새나는 속물들아, 감히 너희들이 누구와 이야기하고 있는 줄이나 알아? 내 아들은 프랑스 대사가 될 사람이야. 레지옹 도뇌르 훈장도 받을 것이고, 위대한 극작가가 될 거란 말이야. 입센, 가브리엘레 단눈치오가 될 거라고!"

8살짜리 소년이 받은 웃음세례의 기억. 로맹 가리는 40년이 지나 글을 쓰는 순간까지도 얼굴이 화끈거린다고 고백할 정도다.

전쟁터에서 죽을 고비를 넘길 때도 그는 살아 남을 것이라고 확신한다. 이유는 어머니와의 새벽의 약속, 즉 살아서 훈장도 받아야 하고, 유명한 작가도 되어야 하고, 프랑스 대사도 되어야 했기 때문이다. 그리고 그는 결국 어머니의 말대로 프랑스의 총영사가 되었으며 전쟁영웅으로 돌아와 레지옹 도뇌르 훈장을 받았고, 프랑스의 최고 문학상인 콩쿠르상을 두 번이나 받았다. 그는 책 속에서 이렇게 고백한다.

'그토록 어려서, 그토록 일찍, 그토록 사랑받는다는 것은 좋지 못한 일이다. 나쁜 버릇을 들여주기 때문이다. 어머니의 사랑을 통해, 인생은 그 여명기에 결코, 지키지 않을 약속을 당신에게 주는 것이다. 그 다음부터는, 죽는 날까지 찬밥을 먹어야 한다.'

소설 《새벽의 약속》은 '끝났다'로 시작해 '살아냈다'로 끝낸다. 그리고 그는 이 소설을 발표한 20년 후 1980년에 권총자살로 생을 마감하고 만다.

프랑스의 수상이 되고, 훈장을 받고, 세계적인 작가가 된 로맹 가리. 어쩌면 그는 결코 인생의 행복을 찾지 못한 게 아닐까.

아이를 키우다 보면 때때로 어떻게 키워야 할까 막막할 때가 있다. 한바탕 소란을 피우고 이젠 말귀 알아듣고 잘하겠거니 하는데 뒤돌아서면 아이는 금세 잊고 또 천방지축이다.

야단쳐서 될 때가 있고, 야단을 쳐서 안 될 때가 있다. 그런데 문제는 야단을 칠 때 나, 즉 엄마의 감정이다. 정말 냉정하게 아이의 잘못만을 갖고 이야기하기보다는 나의 감정으로 화를 내는 경우가 많기 때문이다.

길을 가다 간세 표시를 만나면 반갑고,
놀멍 쉬멍 하고 싶다.

다시 길을 걷다

오늘은 주먹밥도 없다. 점심을 어디서 먹어야 할지가 관건. 식당들이 곳곳에 즐비하게 늘어선 게 아니므로 올레를 걸을 때는 밥 때를 잘 맞춰야 한다.

보목항 근처에 가서 자리물회와 자리구이를 먹으라고 은주는 친절하게 식당 이름까지 말해줬다. 대충 지도를 보니 점심 때까지는 도착할 수 있는 거리.

여유 있게 걷고 있는데 전화가 걸려왔다. 서울 사무실 전화기가 고장 났는데 인터넷 전화라서 뭐가 복잡하다. 전화기가 고장 났는데 A/S가 안 되고 전화기를 구입해야 한다는데 전화기 값만 6만6천원. 상담원과 통화하는데 이 상담원은 틀에 박힌 말만 한다.

"네, 고객님. 심려를 끼쳐드려서 대단히 죄송합니다. 저희는……."

같은 말만 반복한다. 방법은 전화기를 구매하는 것밖에 없고, 그것마저 직접 와서 설치를 해야 하는데 가급적 빨리 해주겠다, 하지만 언제 될지는 모르고. 값이 저렴하다고 해서 인터넷 전화를 사용하고 있지만 불편한 것이 한두 가지가 아니다. 분명히 상담원과 통화하는데 마치 기계하고 통화하는 느낌. 하늘은 맑아 햇볕이 쏟아지는 길에서 이런 통화를 하고 나니 진이 쭉 빠졌다.

올레길을 걸을 때는 간단한 비상식량을 갖고 다녀야 한다. 물은 필수.

전날 출장 온 남편과 제주시내에서 숙박을 하고 아침을 식당에서 먹었는데
밥맛이 없어 제대로 먹지 않고 걸었더니 순간적으로 손이 부들부들 떨렸다.
허겁지겁 배낭에서 초콜릿과 아몬드, 건포도 등 있는 것을 다 꺼내 먹었다.
"완전히 연극 같아요!"
정신없이 먹는 내 모습을 보고 아이는 깔깔댄다.
저 웃음소리!
아이의 웃음소리가 좋아 나는 손을 더 떨면서 오버액션을 한다. 아이는 길에
서 뒤집어진다. 아이 웃음이 햇빛에 탄다.

우 연 의 연 속

은주가 일러준 식당은 사람이 가득했다. 보목동 포구의 한가로운 작은 식당인줄 알았는데 웬걸, 사람들이 꽉 차 있다. 1시가 지났는데도 줄을 서서 기다려야 했다. 앉고 보니 예전에 한번 와봤던 식당이다. 그때도 이곳에서 물회를 먹었었다.

은주가 말한 대로 자리돔물회와 자리돔구이를 시켰다. 옛날 제주도 사람들은 6월 보리타작을 끝내고 자리물회에 보리밥을 말아 먹었다고 한다. 아이 손바닥만한 작은 자리돔은 5~6월이 제철. 사실 아이가 물회를 먹지 않기 때문에 구이만 시킬까 했지만 맛난 자리돔물회를 여기까지 와서 안 먹을 수는 없는 일.

음식을 주문하고 앉아 있는데 누군가 들어오면서 인사를 했다. 어제 거문오름에서 만난 신혼부부였다. 제주의 그 많은 식당 중에서 이곳에서 만나다니. 덜컥 반가운 마음이 들어 하마터면 같이 앉아서 먹자고 할 뻔했다.

잠시 후 주문한 음식이 나왔는데, 세상에나 물회도 그릇 가득, 구이도 접시 가득이었다. 남을 게 뻔한데 싸갈 수도 없고 난감했다. 아이는 물회는 입도 안 대고, 구이는 가시가 많다고 투덜댔다. 값도 비싼데 그냥 한 가지만 시킬 걸. 나에게 화가 나려는 순간, 신혼부부가 눈에 들어왔다. 구이를 반 딱 나눠 아이를 시켜 신혼부부에게 갖다 줬다.

얼음까지 넣어 시원한 자리돔물회 떠먹으랴, 고소한 자리돔구이 먹으랴 정신없는데 신혼의 예쁜 신부가 조용히 다가와서 말했다.

"저희가 음식 값 계산했어요. 어제도 얻어먹고 오늘도 얻어먹어서요……"

되로 주고 말로 받는 격이다. 어제 준 거라곤 삶은 계란 두 개뿐이고, 오늘 준 것은 남을까 미리 나눠준 생선구이 몇 마리뿐인데. 어찌할 바를 모르고 엉거주춤 인사를 하고 나서 다시 먹고 있는데 잠시 후에 다시 자리돔무침 접시 하나를 갖다 준다. 적게 나누고 너무 크게 받는다.

바로 앞 푸른 제주바다에서 잡아올려 얼음에 채웠다가 뼈째 썰고 구운 자리돔맛, 제아무리 맛있어도 먹는 데 한계가 있다. 아이는 약삭빠르게 우리가 준 계란값과 식사값의 차이를 계산한다.

"그럼 대체 우리가 얼마나 이익을 본 거예요?"

"이 녀석아! 계란도 민박집 아주머니가 싸주신 거니까 결국 우린 공짜로 먹은 거야!"

약삭빠르게 살아야 하는 세상, 이기는 것도 습관이어야 하는 세상에서 우리는 살아간다. 그러나 살다 보면 어느 순간 그런 것들에 대해서 손을 놓아야 할 때가 있음을 안다. 그런데 그때가 언제인지 알지 못하고 살게 마련이다. 하루하루 급급한 삶에서 그때를 찾기란 쉽지 않기 때문이다. 운이 좋아 그냥 넘어지지 않고 내달리는 사람도 있겠지만, 그 운 좋은 사람도 언젠가는 내려서 멈춰야 할 때가 있고, 넘어지는 순간이 있는 게 세상이다.

길에서의 풍경.

새로운 길동무를 만나다

"올레길로 가려면 어디로 가야 하죠?"

나이든 아버지와 젊은 딸이 길을 걷다 올레 표시를 찾고 있었다. 6코스 출발점인 쇠소깍을 역으로 지나 5코스 예촌망쯤을 지났을 즈음이다. 나는 당당하게 말했다.

"이쪽에 표시가 있네요. 여기로 가면 되겠는걸요."

큰길 건너편에 올레 표시가 보였다.

"엄마, 저쪽예요!"

아이가 큰소리로 말했다. 건너편 숲으로 길이 보였고, 올레 표시가 보였다. 숲길로 돌아가는 길이다.

"내가 엄마 때문에 못 살아. 아니, 틀린 길을 알려주면 어떡해요."

할 말이 없다. 벌써 이런 게 몇 차례인가.

어느새 할아버지네와 함께 길을 걷고 있었다. 부산에서 산다는 할아버지는 식구들과 함께 제주여행을 왔다 딸과 함께 올레길을 걷는 중이었다.

올레 표시는 금세 눈에 띄기도 하지만 어떤 곳에서는 조금 헷갈리기도 한다. 그게 또 올레의 맛이다. 그런 지점에서 올레꾼을 만나면 반갑다.

내가 헷갈려할 때마다 아이는 올레 표시를 잘도 찾아냈다.

"내가 대체 몇 번이나 알려준 거죠?"

아이는 기세등등하다.

길에서 만난 올레꾼들. 어느새 길동무가 되어 함께 길을 걷고 있다.

© 임형묵

혹시나 했는데 역시나!
또 새로운 사람을 만나다

걷는 것은 중독이다. 걷기로 마음먹고 걷다 보면 발바닥 아픈 것쯤은 문제가
안 된다. 발가락도 물집이 잡히고 욱신거린다. 그래도 걷기로 한 것, 또 걷기
시작한다. 이것이 걷기 중독증이다.

'곧 동백나무숲을 만나게 될 것이고, 그 동백나무숲을 지나면 은주가 일러준
파란대문이 있는 집에 가서 차 한 잔 얻어 마셔야지.'

파란대문 집에는 향란이라는 은주 후배가 산다고 했다. 그 친구 역시 서울생
활 탁탁 정리하고 남편과 함께 내려와 사는 중이라며 은주는 문이 열려 있으
면 들어가서 차 한 잔 얻어 마시라고 했다.

지도상으로 보면 얼마 안 되는 거리. 그렇지만 걷다 보면 그 길이는 꽤 된다.
동백나무숲은 좀처럼 나오지 않았다. 푸른 바다를 사이에 두고 숨바꼭질을
하듯 길이 이어졌다. 올레길의 가장 큰 특징이다. 한없이 트였는가 하면 다시
오솔길이 이어지고, 그 길로 다시 마을로 이어지는 길 올레.

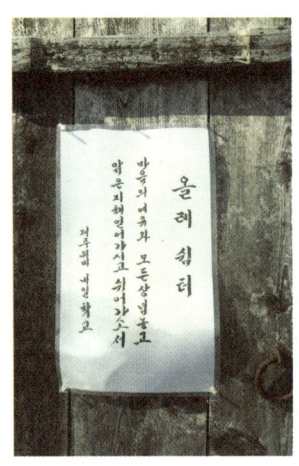

이어지는 바닷길에 초가집이 하나 있다. 순박하게 생긴 아주머니와 아가씨가 들어와 쉬었다 가란다. 조금밖에 안 걸었는데 발이 아파서 그런지 쉬고 싶다. 밥도 공짜로 얻어먹었는데 차 한 잔 사 먹자 싶어 들어가 마루에 앉았다. 장미꽃잎을 띄운 아주 근사한 약차가 나왔다. 카페치고는 분위기가 조금 낯설다.

"대안학교예요."

경북 봉화에 본교가 있는 대안학교 '내일학교' 였다. '봉화' 라는 단어를 듣는 순간, 함께 일하는 친구의 학교 선배가 대안학교 선생인데 봉화에 있다가 제주도로 내려갔다는 이야기가 생각났다. 혹시나 하고 직원 이름을 댔더니 역시나 아는 사이였다. 제주도가 아무리 섬이라고 하지만 길을 걸으면서 우연하게 사람을 만나다니, 참 신기한 일이었다. 조금 아까 점심식사를 한 식당에서도 어제 만났던 신혼부부를 만난 것도 대단한 우연이었는데.

우연한 인연 덕분에 또 차도 공짜로 얻어 마셨다. 여기까지 길동무였던 할아버지와 딸은 저녁이 되기 전 5코스 시작점인 남원포구까지 가야 한다며 일어섰다. 그러고 보니 어느새 4시가 넘었다.

대안학교 내일학교에서는 빛그리미라는 갤러리도 운영한다.
이곳에서 차 한 잔 얻어 마시고 다시 길을 떠났다.

이왕 걷는 것,
도장이나 찍어둘걸

조배머들코지를 지나 동백나무군락지까지 길이 이어지는 동안 발바닥이 화
끈거려 걷기가 힘들었다. 아이와 나는 지쳐가고 있었다. 이럴 때는 유혹을 느
낀다. 올레 표시를 따라 걸으면 길을 돌아가야 하고, 그 표시를 외면하면 목
적지까지는 훨씬 빨리 도달할 수 있다.

오늘, 우리의 목적지는 5코스의 시작인 남원포구. 6코스 중간 소라의성에서
출발했으니 정말 많이 걸은 셈이다.

"동백나무군락지만 가면 또 쉴 수 있어. 향란이라는 선생님을 찾아서 거기
가서 차 한 잔 마시면서 쉬자!"

동백나무군락지가 있는 마을에 들어서자 잠시 어디로 갈까 망설이는데 마을
입구 커다란 나무 아래 쉼터에서 바둑을 두던 아저씨들이 길을 가르쳐주며
올레도장을 찍어가란다. 작은 가게 앞 평상에 올레도장이 있었다. 아하, 이
렇게 올레 패스포트에 도장을 찍는구나. 우리가 걸어온 코스마다 도장을 쿡
쿡 찍으면서 보니 도장에 '5코스' 라고 찍혀 있다.

"어, 그럼 그동안 안 찍은 건 어떡하죠?"

아이는 갑자기 안타까워 울상을 짓는다.

"뭘 어떡해, 우리 마음속에 이미 다 표시해뒀잖아."

마음속의 증거는 우리 둘에게만 필요한 일이다. 그러나 무엇인가를 '보여주
는' 시대에 살기 위해서는 확실한 증거가 필요하다.

올레길은 '증거' 가 필요한 곳이 결코 아니다. 올레길을 걷는 사람 중 그 증거
가 목표인 사람이 있다면 그것은 진정한 올레꾼이 아닐 것이다.

그래도 솔직히 아쉬웠다. 이왕 걷는 것, 도장이나 잘 찍어둘걸.

햇빛 아래 오래 걸은 아이는 오토바이 타는 아줌마를 부러워했다.

들어갈 수 없는 동백나무 숲

동백나무군락지는 안타깝게도 안에 들어갈 수 있는 것이 아니었다. 빙 둘러쳐진 담 안이 동백나무군락지. 뒤늦게 떨어진 꽃들이 길에 붉게 누워 있었다. 충남 서천의 동백나무숲을 생각하다 조금 실망했다. 서천의 동백나무숲은 동백나무숲에 직접 들어갈 수 있는 길이 있는데 이곳은 그냥 남의 집 담벼락을 쭉 따라 한 바퀴 돌 뿐이다.
입구 안내판에는 이런 글귀가 있다.

'위미리 동백나무숲은 황무지를 옥토로 가꾸기 위하여 끈질긴 집념과 피땀 어린 정성을 쏟은 한 할머니의 얼이 깃든 유서 깊은 곳이다. 현명춘(1858~1933)은 17세 되던 해 이 마을로 시집 와 해초캐기와 품팔이 등 근면, 검소한 생활로 어렵게 모은 돈 35냥으로 이곳 황무지를(속칭 버둑) 사들인 후 모진 바람을 막기 위하여 한라산의 동백씨앗을 따다가 이곳에 뿌렸다. 이것이 오늘날에 이르러 기름진 땅과 울창한 숲을 이루게 되었다.'

"우와! 저 안에 집이 있는데 그럼 이 숲이 다 저 집 거예요?"
아파트에만 사는 아이에게 저렇게 넓은 땅에 숲을 가지고 사는 사람들이 좀처럼 실감나지 않는 모양이다. 얼마나 큰 부자일 것인가가 하는 것이 아이의 관심사. 나도 이처럼 큰 숲을 만든 할머니의 자손들이 부럽기는 했다.

함께 걷지만 서로 다른 길을 걷고 있는 것.
그것이 아이와 엄마다.

매년 3월경에는 시뻘건 동백꽃들이 저 길에 가득하다.

길은 마을로 이어지고, 바다로 나가는 길로 이어졌다 다시 마을 숲으로 이어
지고 바다로 이어졌다.
문득 내가 다다를 수 없는 동백숲에 이르렀던 선운사 동백꽃이 생각났다.

선운사

꽃망울 터지는 줄 알았는데
투둑, 마음만 터져 버렸다
아직 꽃이 피려면 멀었는가
실업처럼 예고 없이
새벽차를 몰고 달려간 선운사 입구에
냉이 파는 할머니들만 여럿
하, 입 벌리고 바람을 마시는 아이는
사천왕도 무섭지 않다 살아갈수록
사천왕문 지나기가 겁나는 나는
뒤뚱뒤뚱 아이처럼 걸어 산문(山門)에 든다
아이는 대웅전 부처를 보고도 환한데
나는 뒤뜰로 달려가 꽃만 찾는다
함부로 돌을 쌓아 인연을 쌓지 말 일이다
돌담은 풍경에 갇히고
더는 나아갈 수 없는 동백 숲
절벽 앞 부처님 얼굴이 환하다

107

좀처럼 '향란이네' 집은 나타나지 않았다. 두어 번 파란대문을 발견하고 마당으로 들어섰지만 한 집은 빈집이었고, 또 한 집은 할머니가 나오셨다. 갑자기 아이와 나의 목적이 '향란이네' 집을 찾는 꼴이 됐다.

"향란아! 하고 불러보세요. 향란 아줌마, 향란 아줌마!"

아이는 길을 걸으며 큰소리로 향란 아줌마를 불렀다.

우리는 결국 향란 씨 집을 찾지 못했다. 주소가 있는 것도 아니고, 어디쯤에 있을 것이라는 말만 듣고 집을 찾는 즐거움, 낯선 곳에서 낯선 사람과 마치 오래된 듯 반갑게 차 한 잔 함께 마시고 싶었던 소망은 그래서 결국 사라지고 말았다.

어느새 등 뒤로 노을이 지고 있었다. 남원포구까지는 아직 조금 더 남았는데. 어두워진 상태에서 올레길을 걷는 것은 매우 위험하다. 아니, 걸을 수가 없다. 서울처럼 가로등이나 상가 불빛이 있는 것이 아니기 때문에 올레 표시가 보이지 않는다. 그렇다고 큰길에서 걸을 수 있는 것도 아니다. 차도 역시 어두워서 위험하긴 마찬가지다.

처음 혼자 올레길을 걸을 때 노을 지는 풍경을 바라보며 혼자 걷다 금세 날이 어두워져 당황했던 적이 있다. 시골의 밤은 쉽게 찾아온다는 것을 그때 절감했다. 해안가에 있다 큰길로 부지런히 걸어나왔는데도 불구하고 너무 빨리 어둠이 찾아왔다. 올레 표시만 따라 걷던 중이었으므로 큰길을 찾아나오는 것도 쉽지 않았다.

경험은 역시 스승이다. 노을이 지는 것은 순간, 버스가 다니는 큰길로 접어들었다. 이 길로 20분 정도만 걸으면 코스를 끝낼 것만 같은데 밤길을 걷기에는 위험했다. 뿐만 아니라 아이와 나 모두 지쳐 있었다. 발바닥에서는 열이 나고 배도 고팠다.

버스를 타려고 보니 바로 앞이 영화박물관! 남원포구 바로 옆이다. 몇 년 전 그 바로 옆 펜션에 묵으면서 박물관까지 산책하곤 했다. 그때는 길을 따라 더는 나아갈 줄 몰랐다. 차를 타고 또 다른 볼거리를 찾아갔을 뿐.

고지가 바로 저긴데, 싶었지만 깨끗이 포기했다. 빨리 포기할 줄 아는 것도 지혜. 아이와 나는 서귀포행 버스를 탔다. 날이 맑아 한라산 뒤 노을이 아주

아름다웠다. 피곤해 잠들 줄 알았는데 아이도, 나도 한라산 노을을 넋 놓고
바라보고 있었다.

"너무 허무해요!"

불과 30분 거리. 아침 10시 30분부터 저녁 7시 30분까지 무려 9시간이나 걸
어온 거리가 버스를 타니 30분밖에 걸리지 않는다는 사실에 대해 아이는 기
가 막혀했다. 나도 처음 올레길을 걸을 때 그랬었다.

올레길을 걷는 것은 어쩌면 바로 그 허무의 순간을 알기 위한 것이 아닐까.
빠른 속도로 질주하며 가득 채워도 채울 수 없는 것이 있다는 것. 결코 다다
를 수 없는 곳이 있다는 것.

한라산 자락으로 가득했던 노을이 어둠으로 변하고, 서귀포시에 도착했을
때는 이미 깜깜한 밤이 되었다.

카페 미루나무와
화가 이두원

이중섭 생가 바로 아래에는 미루나무라는 카페가 있다. 이곳 카페주인은 이광희. 내가 편집장 시절 데리고 있던 후배 기자였다. 그가 제주도에 내려와 산 지 벌써 만 5년. 어린이 역사 이야기 책을 여러 권 펴내기도 한 그는 2년 전 이 카페를 인수해 글을 쓰면서 카페를 운영한다.

이미 몇 번 이 카페에 와 봤던 재영이는 허겁지겁 저녁을 먹고 나서 피아노 앞에 앉더니 피아노를 치기 시작했다. 벌써 3일째 꼬박 걸어 피곤할 텐데 그런 기색이 없다.

"어, 애가 피아노를 치네?"

지나가던 대학생 일행이 피아노 소리를 듣고 카페로 들어왔다. 학교 선후배 사이인 그들은 올레길을 걷는 중이라고 했다. 그중 한 명이 유독 음악을 좋아하고 아이를 좋아했다. 재영이와 함께 듀엣으로 피아노를 치기도 하고, 재영이에게 곡을 신청하기도 했다. 재영이는 그런 낯선 경험이 몹시 즐거운 표정이었다. 신이 나서 피아노 치는 어깨가 들썩들썩, 자기만의 음악을 만들어내고 있었다.

어느새 카페에 손님이 가득 찼다. 자리가 없어서 돌아가는 사람까지 있었다.

"어제는 손님이 한 테이블밖에 없었는데."

아르바이트하는 학생이 말했다. 손님이 많은 것이 재영이 '피아노 솜씨' 때문이라니, 엄마인 내 기분이 으쓱했다.

나는 그동안 의자에 발을 올려놓고 쉬다 한 화가를 만났다. 이름은 이두원. 이미 그의 그림을 화집으로 만난 적이 있다. 그의 그림은 강렬하다. 무의식을 끌어내는 듯 짙은 호소력을 갖고 있다. 화집으로 본 느낌이 그러하니 실제 그림을 보면 그 느낌은 더욱 강할 것이다.

그는 예술가적 기질이 매우 강하다. 그 역시 서울에서 제주로 내려온 사람이다. 다니던 대학도 그만 두고 외국으로 여행을 다니다 제주도에 정착했단다. 외할아버지와 이모 등 외가가 모두 그림을 그리는데 특히 프랑스에서 활동하고 있는 이모의 영향이 컸다고 한다.

마치 무언엔가 취한 듯한 얼굴의 맑은 미소를 가진 그에게 나는 한 가지 당부를 했다. 여행지에서 보고 느낀 것을 글과 그림으로 남겨 언젠가 함께 책을 만들자고.

화가 이두원의 그림과 이두원.
그림 오른쪽에 살짝 고개를
내밀고 있는 사람이다.

ⓒ 이규헌

친구가 살던
동네를 지나며

밤 10시쯤 되어 서귀포에서 택시를 타고 은주가 사는 대포로 갔다. 밤길이었지만 낯익은 곳이 나왔다. 상창사거리. 그곳에서 조금만 위로 올라가면 40대 중반에 간암으로 세상을 떠난 친구가 만든 펜션이 있다. 20여 년 전 같은 직장에서 일한 인연을 가졌던 친구.

한동안 뜸하게 지내다 다시 만난 것은 그 친구가 서울에서의 기자생활을 접고 제주로 내려간 후였다. 펜션을 임대해 운영하던 그는 얼마 후 아예 땅을 사고 거기에 집을 짓기 시작했다. 뒤로는 한라산이 보이고 멀리 삼방산과 바다가 보이는 곳에 그는 땅을 파고 시멘트를 갰다.

강아지 한 마리 키워보지 않았다던 그는 그곳에서 개도 키우고, 토끼도 키웠다. 도끼질도 열심히 해 서울에서 헬스클럽 다닌 사람 못지않게 뱃살 빠진 복근을 자랑하기도 했다. 직접 차도 덖고, 나물도 캐고.

그 친구의 이러한 제주생활의 이야기를 내가 만들던 잡지에 연재했었다. 보는 사람에겐 낭만이되 절대 낭만일 수 없는 제주에서 살아가는 생활 이야기는 나뿐만 아니라 독자들에게도 큰 공감을 불러일으켰다. 이 건을 핑계로 나는 그 친구를 만나러 한동안 두 달에 한 번 제주를 가곤 했다.

그러던 어느 날, 그 친구가 서울로 올라와 병원에 입원했다는 소식을 전해 들었다. 병명은 간암 말기. 병원에서 만난 그는 지친 모습이었다.

"병을 다스린다는 것은 자만이다. 그냥 함께 살아야지."

수술도 하지 못한 채 제주도로 내려간 그는 고통의 시간을 보내다 결국 9개월 후 저 세상 사람이 됐다.

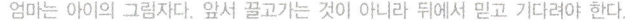

엄마는 아이의 그림자다. 앞서 끌고가는 것이 아니라 뒤에서 믿고 기다려야 한다.

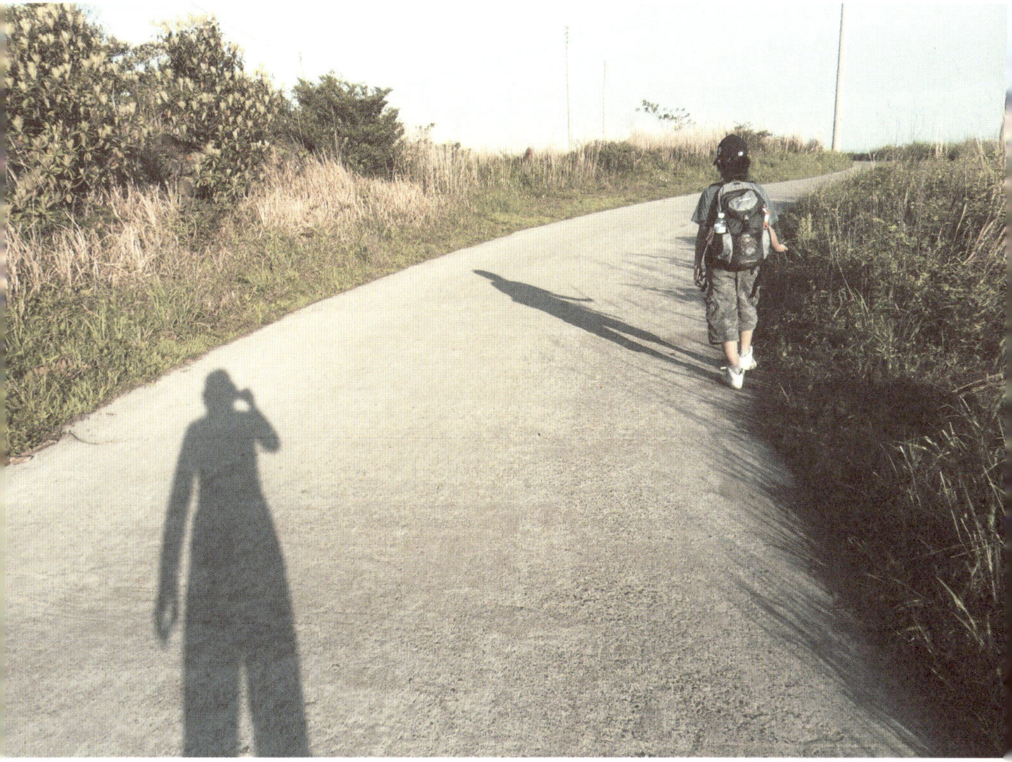

© 임후남

"재영아, 저기로 가면 00누나네 집이야."
"그 누나 아빠 돌아가셨잖아. 그런데도 저기 살아?"
지금은 다른 사람이 그곳을 운영한다. 서울로 돌아와 오랜만에 펜션 홈페이지에 들어가 보니 그 친구가 펜션을 운영하면서 썼던 주인장 글들이 그대로 남아 있었다. 마치 그곳에 가면 그가 허허로운 얼굴로 마당의 잡초를 뽑고 있을 것만 같다.

우연치곤 기막힌 우연,
길에서의 또다른 만남

토요일 아침 은주는 아침 일찍 서울로 올라가고, 나와 아이는 천천히 집을 나왔다. 마지막 일정이어서 길을 걷다 바로 공항으로 나가야 했으므로 아이와 나는 각각 배낭을 메고 동네 언덕을 내려왔다.

월평포구를 내려다보며 큰길까지 나와 오른쪽으로 걸을까, 왼쪽으로 걸을까 잠시 망설이고 있는데 지나던 차가 창문을 열고 빤히 쳐다봤다.

"어머, 상수 씨!"

그는 내가 아는 유일한 제주도에 사는 제주도 토박이다. 제주도에서 나고 자란 40대 중년인 그는 광어양식장을 한다. 그를 알게 된 건 6년 전쯤. 펜션을 하는 친구 소개였다. 그리고 그를 마지막으로 본 것은 펜션을 하던 친구가 간암으로 갑작스레 세상을 뜬 후 장례식장에서였다. 그날 밤 늦도록 카페 미루나무에서 우리는 죽은 친구를 불러냈다.

오른쪽으로 갈까, 왼쪽으로 갈까 망설이던 우리는 갑작스런 그의 출현에 엉겁결에 차에 올라탔다. 길거리에 그냥 서 있을 수 없는 일.

"며칠 전에 애들 데리고 충청도 예산엘 다녀왔어요. 깊은 산속에 들어가 사는 사람들을 만나고 왔는데, 참 사람들 사는 방법도 갖가지더군요."

제주에 살면서도 그는 여행을 자주 하는 편인 모양이다. 문득 그에 대해 내가

아는 것이 참 없다는 생각이 들었다. 다른 사람의 친구로 두 번 만난 게 전부이니 당연한 일. 그런데도 그가 친근하다.

재영이와 같은 또래의 딸을 두고 있는 그는 지난 1년 동안 학교에 보내지 않았단다. 아이가 깜짝 놀라 묻자 "그냥 놀게 하려고." 라는 답이 돌아왔다. 아이가 무슨 문제가 있느냐, 어떻게 그럴 수가 있느냐 일일이 묻는 것은 쉽지 않다.

"엄마가 아는 사람들은 이상한 사람들이 많네요."

상수 씨와 헤어지고 나자 아이가 말했다.

"세상에는 많은 사람들이 살고 있고, 그들은 모두 저마다 다른 모습으로 살아가고 있기 때문이지. 모두 다 한 방향으로, 한 가지 모습으로만 살아가면 재미없잖아?"

말은 늘 그럴 듯하다. 그러나 순간 걱정이 앞선다.

"너도 집에서 1년쯤 혼자 논다고 하면 안 돼! 저 아저씨네는 그럴 만한 사정이 있는 걸 테니까!"

재영이 입이 튀어나온다.

"쳇, 엄마가 늘 그렇지 뭐."

올 레 빵

풍림리조트는 올레 7코스에 있다. 외돌개에서 월평포구까지, 7코스는 정말
아름다운 올레 코스 중 하나. 풍림리조트는 올레꾼들을 위한 셔틀버스, 게스
트하우스 등을 운영하고 있어 올레꾼들에게 인기가 많다. 특히 1층 식당에서
파는 올레정식은 값도 저렴하고 맛도 좋다.

아침이다 보니 1층 로비에는 길을 떠나려는 사람들로 북적였다. 밤새 이곳에
묵은 사람들도 있고, 올레 셔틀버스를 타고 이동하려는 사람들도 있다. 편의
점에 들어가 물과 간식거리를 사는데 아이는 아침부터 아이스크림을 집는
다. 되니 안 되니 잠깐 실랑이를 하다 먹으면 얼마나 먹는다고, 또 몸에 안 좋
으면 얼마나 안 좋을까 싶은 생각이 들어 그만 내가 먼저 지고 만다. 인상 좋
고 친절한 편의점 주인아저씨가 우릴 보고 웃는다.

사람들 몇이 올레빵을 산다. 아이 주먹만한 올레빵은 견과류를 듬뿍 넣고 만
든 단맛 나는 빵. 걷다 배가 고플 때 먹으면 딱 좋다는 생각이 들어 혼자 걸을
때 나도 한 개 샀었다. 그러나 단맛이 너무 강해서 한 입 베어 먹고는 말았다.
이 올레빵이 대표적으로 제주올레를 파는 상술이라는 생각이 들었다. 순수
한 비영리 사단법인 제주올레와는 아무 상관없음에도 불구하고. 그러나 단
맛을 좋아하는 사람들에게는 올레길에 좋은 간식거리가 될 것 같다.

물수제비를 뜨느라
정신없는 아이

풍림리조트에서 왼쪽으로 가면 외돌개, 오른쪽으로 가면 월평포구가 나온다. 참 재미있다. 어느 쪽으로 가도 상관없는 길.

"어느 쪽으로 갈까?"

아이에게 선택권을 준다. 그러면 아이는 꽤나 뿌듯해한다. 자기가 갈 길을 자기가 결정하는 것. 그리고 엄마가 그 길을 따라온다는 것이 아이에겐 매우 기분 좋은 일인가 보다.

"일단 밖에 한번 나가 보고요."

조경시설이 잘 된 풍림리조트 정원을 한 바퀴 둘러 보고 아이가 선택한 길은 왼쪽, 외돌개 방향이다. 내가 원하던 방향이다. 외돌개까지 가면 6코스로 이어지고, 그 6코스는 어제 우리가 걸었던 서귀포 길이어서 코스를 잇게 된다. 코스를 반드시 이을 필요가 없기는 하지만 이왕이면 쭉 선을 잇고 싶어하는 것, 참 어쩔 수 없다.

풍림리조트를 끼고 왼쪽으로 돌면 바로 맑은 물이 흐르는 하천이 나온다. 바로 강정천이다. 이곳은 은어 서식지로 유명한 곳. 강정천을 끼고 큰길로 나갔다 다시 강정천을 끼고 돌아가는 게 올레 코스다.

일요일인 데다 사람들이 많이 걷는 코스라서 그런지 올레꾼들을 많이 만날 수 있었다. 더욱이 거꾸로 코스를 걷다 보니 좁은 해안길에서는 단체 올레꾼들과 맞닥뜨려 길을 양보하지 않으면 안 되는 경우도 있었다.

얼마 걷다 보니 강과 바다가 만나는 지점이 생겼다. 여기에서 작은 다리를 건너 조금 더 걸어가자 아주 작은 자갈 해변이 나타났다. 아이는 대뜸 배낭을 내려놓더니 물수제비를 시작했다. 통, 통, 통, 통. 작은 돌멩이들이 물보라를

일으키며 나가는 모습이 참 예쁘다. 아이는 물수제비를 잘한다. 아이가 어렸을 때 섬진강변에서 지리산 시인 이원규 씨에게 배운 솜씨다. 아이의 기억 속에 그 아저씨는 멋진 오토바이를 타고 세상에서 가장 물수제비를 잘 뜨는 사람이다.

아이는 지칠 줄 모른다. 그만 하라고 해도 좀처럼 끝낼 기미가 없다. 한 번만 더, 한 번만 더.

아이가 놀 때 엄마인 내게 그 시간은 늘 한참이고, 아이에게는 늘 잠깐이다. 아이가 지칠 때까지 놀게 하기가 언제나 쉽지 않다. 재촉하지 말아야 하는데, 하면서 결국 재촉해서 길을 걸을 수밖에 없었다.

풍림리조트 옆으로 있는 강정천. 올레 7코스는 이 강정천을 끼고 돈다.

© 임후남

120

물수제비에 열중한 아이는 지칠 줄 모른다.
아이가 놀 때 엄마는 그 시간이 늘 한참이고 아이는 잠깐이다.

"나도 한때는 처녀였다"

마을에 이르자 해녀의집이 보였다. 날씨가 제법 더운데 한 할머니가 철 늦은 스웨터를 입고 서 계셨다.

"안녕하세요!"

아이와 내가 함께 큰 목소리로 인사를 했다. 우리는 올레길을 걸으면서 꼬박 꼬박 인사를 했다. 올레꾼을 만나면 반가운 마음에 인사, 제주 어른들을 만나면 감사의 인사.

"이리 좀 와봐."

할머니가 손짓으로 우리를 불러세웠다.

"인사를 해줘 고마워서……."

할머니는 이고 있던 바구니를 내려 이리저리 뒤지더니 밀감 두 개를 꺼내 내미셨다. 밀감농사를 짓는 사람에게 받은 건데 우리더러 먹으란다. 받고 보니 한 개는 물러서 먹을 수가 없다. 그래도 모른 척하고 껍질을 까서 먹으려니 절로 얼굴이 찡그려진다.

"그거 못 먹겠는데."

눈썰미가 좋으신 할머니. 얼른 내 손에서 빼앗아 멀리 내던지신다. 에구, 올레길 걸을 때는 귤껍질 하나도 길가에 버리면 안 되는데 동네 할머니가 마구 버리시다니! 아이와 나는 서로 얼굴을 보며 난감한 표정을 짓는다.

할머니는 해녀라고 했다. 물에 들어가려다 몸살기가 있어 그냥 집에 들어가는 길에 우리가 크게 인사를 해줘서 너무 고마웠단다. 보통은 그냥 지나간다며.

"나도 한때는 처녀였어. 나도 한때는 처녀였다고. 나 스무 살에 시집 와서 스물한 살에 우리 아들 낳았어. 남편은 다른 여자한테 가고……."

해녀일을 해서 아들을 키웠다는 할머니. 어느새 할머니가 내 손을 잡고, 아이 손을 잡고 마른 눈물을 흘리신다. 일흔도 훨씬 넘은 할머니의 마른 눈물은 우

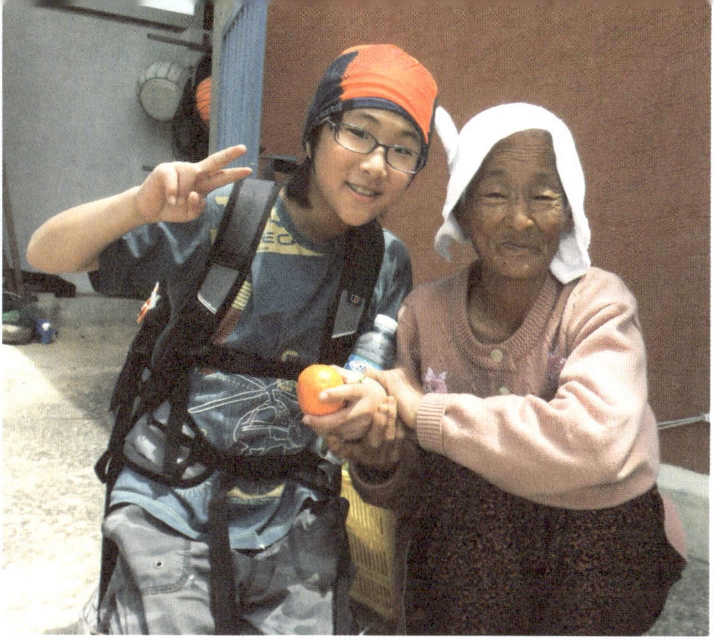

© 임흥남

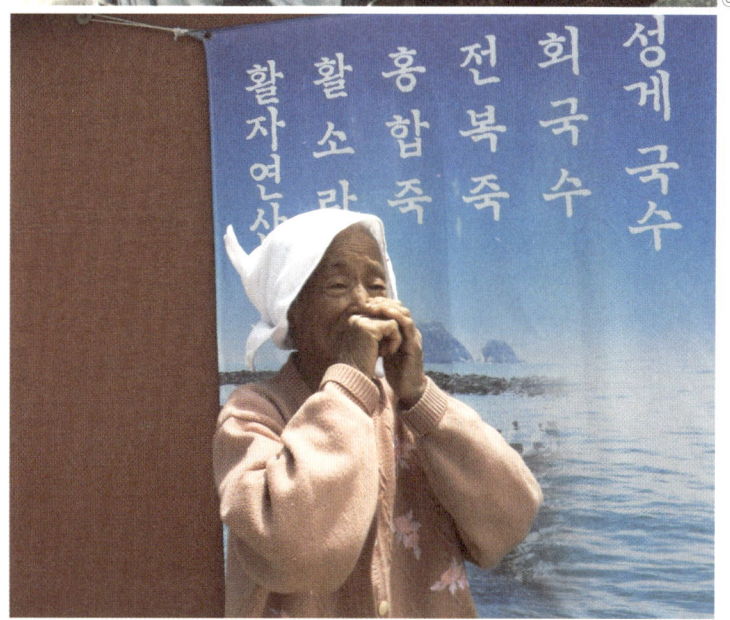

올레길에서 만난 할머니가 주신 귤을 들고.(위)
할머니의 흥겨운 노랫소리가 공연히 마음을 적셨다.(아래)

리를 당황시켰다. 아이는 어찌할 줄 모르고 내 얼굴만 쳐다본다. 할머니는 노래 한 자락도 불러줬했다. 무슨 노래인가, 나는 알지 못한다. 제주도 사투리까지 섞여 있어 사실 말 알아듣는 것도 쉽지 않다. 그런데 그 할머니의 노래가 가슴을 적셨다.

할머니를 뒤로 하고 걷는데 아이가 문득 말했다.
"엄마, 근데 누구나 다 한때는 처녀 아녜요?"
"그러게…… 엄마도 한때는 처녀였지."
처녀, 라는 낱말이 아주 낯선 단어처럼 느껴졌다. 나도 한때는 처녀였다. 할머니의 마른 눈물과 함께 처녀라는 단어를 생각하며 걷고 있는데 "어여어여." 하는 소리가 났다. 뒤돌아 보니 할머니가 정신없이 뛰어오고 계셨다. 우리는 깜짝 놀라 뛰어갔다.
"이거, 내 주머니에 있는 거 전부야. 가다가 이걸로 맛있는 거 사 먹어. 우리 예쁜 애기!"
할머니는 꼬깃꼬깃한 천 원짜리 지폐 두 장을 재영이 손에 쥐어줬다. 그 돈을 받을 수 없어 재영이는 엉거주춤하고, 나는 나대로 됐다고 아이 손을 거뒀지만 할머니의 뜻을 꺾을 수 없었다.
"감사합니다, 할머니!"
우리가 큰소리로 인사를 하자 할머니는 우리보다 먼저 뒤돌아 노래를 부르며 우리를 따라 급히 뛰어왔던 길을 되돌아가셨다.
스무 살 처녀가 결혼을 해 이듬해 아들 하나 낳고 물질을 하며 살아온 평생의 세월이 할머니 어깨에 고스란히 올라가 있었다. 저 작은 어깨, 저 작은 몸. 할머니는 덩실거리며 길을 걷는다. 길에서 만난 아이가 당신에게 인사를 한 것이, 길에서 만난 당신 며느리 같은 여자가 이야기를 들어준 것이 고마운 할머니. 할머니는 몸살기가 가시면 다시 물에 들어가시겠지.

할머니와 헤어져 마을 도로를 조금 걸어가자 한 해녀할머니가 해녀복을 입고 걸어오셨다.

몸이 안 좋아 일찍 들어가신다는 할머니를 뒤에서 촬영했다.

"할머니, 사진 좀 찍어도 될까요?"
해녀복을 입은 해녀를 처음 맞닥뜨린 아이가 반가운 마음에 할머니에게 말
했다.
"몸이 안 좋으니 찍지 마소!"
대답하는 목소리가 거칠다. 할머니 역시 몸이 안 좋으셔서 물에 들어갔다 바
로 나오는 길이라고 했다. 할머니 얼굴에 고단한 기색이 역력했다. 해녀 사진
을 한 장도 찍지 못한 아이는 서운한 기색이 역력하다. 아이가 문득 뒤돌아
셔터를 눌렀다.

해녀가 물질하는 모습. 물질할 때 쓰는 안경을 '눈' 이라고 한다.
보통 15명 정도의 해녀들이 함께 조업을 한다.

"뒷모습이니까 괜찮겠죠?"

얼마 가지 않아 또 하나의 해녀의 집이 나타났다. 그곳은 해녀들이 따온 소라
며 전복들을 살 수도 있고, 해녀체험도 할 수 있는 곳이었다. 아이가 들어가
걸려 있는 해녀복이며 오리발 등의 사진을 찍자 젊은 아주머니가 바다에 있
는 해녀를 직접 가서 찍는 것이 훨씬 낫지 않겠냐고 조언했다.

"가서 찍어도 돼요?"

"그럼, 가까이 가서 어떻게 하는지 직접 보고 싶지 않니?"

아이는 신이 나서 바로 바다로 내달렸다. 아이가 뛰면 엄마도 뛰어야 하는
것. 나는 굳이 바다까지 가서 찍을 일이 뭐 있을까 싶고, 얼른 가던 길이나 더
가고 싶었지만 하는 수 없었다.

대부분의 해녀들은 함께 작업을 하고 있었는데 한 해녀가 따로 떨어져 물질
을 하고 있었다.

아이는 바짝 가서 본다고 바위 위를 이리 뛰고 저리 뛰다 그만 운동화를 적시
고 말았다.

그래도 신나는 아이. 나는 내팽겨진 배낭을 지키면서 그냥 아이를 바라볼 수
밖에 없었다. 이미 젖은 운동화, 혼낸다고 마를 것도 아니고.

무당벌레와
길을 떠나다

법환포구에 이르자 그야말로 올레꾼들을 위한 마을인가 싶을 정도로 사람들이 많았다. 식당도 많고 올레꾼들을 위한 매점도 있는데 그곳에서 올레 패스포트에 도장도 찍어준다.

나는 커피 한 잔을, 아이는 아이스크림을 먹으려고 한 가게에 들어갔는데 젊고 예쁜 아주머니가 친절하기까지 했다. 특히 또래 아이를 키우는 중이라며 재영이가 무당벌레를 한 마리 어디에서 잡아오자 그것을 종이컵에 넣어 위에 비닐을 덮고 숨구멍까지 뚫어주었다.

"우리 아이가 안 키우는 게 없어요. 강아지는 기본이고 딱정벌레, 장수풍뎅이 같은 벌레도 다 키우거든요. 집안이 곤충천지예요."

아차, 싶었다. 아니나 다를까, 아이가 볼멘소리를 한다.

"우리 엄마는 그런 거 절대 못 키우게 해요. 강아지도 못 키우게 하고, 고양이도 못 키우게 하고."

강아지나 고양이를 키우고 싶다고 아이가 노래를 해도 사실 내가 키울 자신이 없어서 허락하지 않고 있다. 애들이 다 그렇겠지만 재영이도 유난스럽게 애완동물이나 곤충 등을 좋아한다. 올레길을 걸으면서도 동네 강아지만 보면 어떻게 해서든 살살 다가가 쓰다듬어 주곤 했다.

무당벌레가 담긴 종이컵을 들고 천천히 길을 걷는 아이.

© 임후남

개, 고양이를 좋아하는 아이는 길을 걷다 개나 고양이를 만나면
꼭 한번씩 쓰다듬고 지나갔다.

형제 없이 혼자 자라는 아이들에겐 특히 애완동물이 좋다고 한다. 부모에게 혼나고 난 후 애완동물에게 하소연하면서 화를 푸는 등 정서적인 면에서뿐만 아니라, 책임감도 생기기 때문이다.

한번은 고양이를 사랑하는 사람들이 모인 자리에 재영이를 데리고 간 적이 있다. 고양이를 키우면서 일어난 에피소드를 《나비가 없는 세상》이란 만화책으로 펴낸 만화가 김은희 씨와 그 책을 펴낸 출판사 책공장더불어 김보경 대표, '고양이 시인' 으로 불릴 만큼 고양이를 사랑하는 시인 황인숙 등이 만난 자리였다. 고양이를 좋아하지도 않고, 고양이를 키워본 적도 없는 나는 그들의 대화에 좀처럼 끼어들 수 없었다. 그러나 재영이는 그들의 대화를 마냥 부러워하면서 즐겁게 듣고 있었다.

"다른 사람들은 다 고양이를 좋아하는데 왜 엄마만 고양이를 싫어하는지 이해할 수가 없어요!"

"고양이 키우는 게 얼마나 쉬운데요. 하루 종일 잠만 자기 때문에 손댈 일도 없어요."

다들 고양이가 얼마나 키우기 좋은지 한마디씩 했다. 한 사람은 금방이라도 고양이를 구해줄 기세였다. 그러나 도저히 키울 자신이 생기지 않아 단호히 거절하고 말았다.

이 모임에 다녀온 후 내게 일어난 가장 큰 변화는 아이가 원한다면 한번 키워 볼 수 있겠구나 하는 생각이었다. 특히나 아이가 짜증을 낸다거나 하면 '혹시 고양이를 키우면 괜찮을까?' 하는 생각이 들 정도였다.

그런데 몇 달이 지난 어느 날, 인숙 언니가 전화를 했다.

"내가 보니까 네 아들은 고양이를 정말 잘 키울 것 같아. 내가 지금 꼭 챙겨줘야 할 새끼 고양이들이 있는데 그 중 한 마리만 데려다 키워봐. 정말 아이한테 좋을 거야."

아이한테 좋다, 라는 말은 언제나 엄마들에게 귀가 솔깃한 말이다. 새끼 고양이라고 하니 귀엽기도 할 것 같고, 아이가 맡아 키울 테니 크게 손 갈 일도 없지 않겠는가 생각이 들었다. 그래서 약속을 했다. 새끼 고양이가 있는 집으로 함께 가기로!

그런데 혹시나 해서 남편에게 의견을 물어봤다. 아이가 원하니까 해주자 내 의견을 말하면서. 역시 남편이 질색했다.

"그걸 누가 키워?"

남편의 '안 된다' 는 말을 듣고 내심 속으로는 다행이라는 생각이 들었다. 남편까지 '그래, 한번 키워 보자' 하면 어쩔 수 없이 키워야 하는데 반대를 하니 얼마나 다행인가.

"남편이 반대를 하네. 언니, 미안해."

"그렇구나. 식구 중 특히 남편이 반대를 하면 고양이 키우면 안 돼. 하지만 남편도 네가 잘 설득해 봐."

마음씨 고운 인숙 언니와 전화를 끊으면서 언니에게도, 아이에게도 미안했다. 물론 아이에게는 내가 고양이를 기를 뻔했다는 사실은 비밀로 했다.

다시 길을 떠날 때 아이는 무당벌레와 함께였다.

종이컵에 갖고 다니던 무당벌레를 숲에 놓아주고 아이는 오래도록 저렇게 앉아 있었다.

멋지고 고마운 길
제 주 올 레

제주올레의 간세 표시가 길 곳곳에서 우리를 친절하게 안내해줬다.

7코스는 해안가 바윗길이 험한 편이다. 하지만 그만큼 해안가 풍경은 절경이다. '일강정 바당올레' 라고 하는 길은 코스를 개척할 당시에는 길이 험해 도저히 다닐 수 없는 길이었다고 한다. 그러나 이 아름다운 풍경을 올레꾼들에게 보여주고 싶어 손으로 일일이 거친 바위들을 치워내고 돌길을 만들었단다. 아, 고마운 제주올레.

길가의 작은 돌탑 위에 지나는 올레꾼들이 돌을 하나씩 얹는다. 처음 돌탑을 쌓은 사람들은 제주올레 탐사대원들. 돌 하나하나도 자연의 아름다운 조각품인데 제주올레 탐사대원들은 이 길을 걷는 사람들을 위해 힘들게 돌을 치워내면서 그 돌들 중 일부를 쌓아올렸다고 한다.

일강정 바당올레길에서는 서건도라고 하는 작은 섬에 들어갔다 올 수 있다. 서건도라고 하는 것은 '썩은 섬' 을 잘못 표기한 것으로 알려지는데 섬의 흙이 죽은 흙, 즉 흙이 물에 뜰 정도로 푸석푸석하고 가벼워서 불린 이름이라고 한다. 이 섬은 하루에 두 번 간조 때마다 섬으로 가는 바닷길이 열리는 기적의 섬이다. 작은 섬이라 섬 한 바퀴 도는 데 얼마 걸리지 않는다.

한 젊은 남녀가 서건도에 들어갔다 나오고 있다. 신혼부부인지 커플 룩이다. 젊은 친구들이 걷는 것을 보면 그냥 부러운 마음이 든다. 나보다 훨씬 일찍 걷는 즐거움을 느끼고 사는 것 같아서.

올레 표시를 보고 따라가다 보니 문득 절벽을 타고 넘어가야 하는 길에 이르렀다. 길이 아닌 듯해 돌아가는 길을 찾아보려는데 올레 리본이 펄럭이고 있다. 험한 길이 나오자 신바람이 난 아이가 앞장섰다. 사내아이라 스릴 있는 것을 좋아한다. 그런데 가만 보니 꽤나 위험하다. 매어 있는 밧줄을 타고 가야 하는 정말 위험한 코스. 그리 높지는 않다 해도 온통 주변이 바위뿐이어서 아찔하다. 밧줄을 붙잡고 올라서고 보니 눈앞이 캄캄하다.

"재영아, 안 되겠다. 돌아가자!"

"안 돼요, 여기가 올레길이라니까요. 몇 발자국만 걸으면 돼요. 나만 잘 따라오세요."

"이거 이거, 올레길이 아니야. 올레길은 이런 게 아니야. 이거 완전히 백운대

오를 때랑 똑같잖아!"

아이는 신이 났지만, 아, 정말 난 울고 싶었다. 오도 가도 못한 채 똥끝이 움찔움찔거리는 상황. 그러나 어쩔 수 없이 눈을 딱 감고 앞으로 나아갈 수밖에 없다. 비로소 내려오고 보니 그리 긴 길도 아니다. 근데 아무리 생각해도 올레길치고는 너무 험하다. 올레길의 가장 큰 장점은 남녀노소 누구나 안전하고 편하게 걸을 수 있는 길 아닌가. 너무나 긴장을 했던 탓에 잠시 앉아 쉬어야 했다. 더욱이 무거운 배낭까지 메고 잔뜩 긴장을 한 탓에 어깨가 아팠다. 내려와서 한동안 걷는 길도 험한 바윗길. 그 길에서 벗어나 흙길로 올라서니 한 무리의 올레꾼들이 걸어왔다. 아이는 신이 나서 말했다.

"여기서 조금만 더 가면 절벽이 있는데요, 거긴 밧줄 타고 가야 해요!"

그런데 조금 있다 뒤돌아 보니 그들은 우리가 온 길로 가지 않는 게 아닌가. 맙소사, 그 위험한 절벽 길 위로 길이 있었던 것이다. 이런!

"아마 분명히 수봉 아저씨가 만들어 놓은 길일 거야."

올레지기 김수봉 씨. 올레 사무실에서 잠깐 만났을 때 아주 장난꾸러기라는 말을 들은 재영이는 재미있는 길은 모두 수봉 아저씨가 만든 길이란다. 올레지기인 만큼 실제 김수봉 씨가 만든 길은 꽤 있는데 7코스에 있는 '수봉로'라고 하는 아름다운 길은 바로 김수봉 씨의 이름을 따서 만든 것이다. 그는 염소가 다니던 아주 좁은 길을 삽과 곡괭이로 계단을 만들고 길을 냈다고 한다. 그런데 우리는 7코스를 걸으면서 정작 '수봉로'가 어디인지 몰랐다. 나중에 찬찬히 지도를 들여다보면서 생각해 보니 우리가 아찔하게 건너온 그 길은 사실 사람들이 많이 다니지 않는데, 그 길 위로 작은 언덕을 넘게 되어 있는 그 길이 바로 수봉로가 아닌가 싶었다. 그 멋지고 고마운 길 수봉로를 걷지 못한 게 내내 안타까웠다.

길에 팻말이 있는 것도 아니어서 사실 그냥 걷다 보면 그곳이 어디인지 미처 생각하지 않고 걷게 되는 게 보통이다. 코스마다 중요한 지점 몇 개만 표시한 올레 지도를 갖고 다니지만 그것이 또 자세한 것이 아니다. 그냥 걷는 것, 그러다 보니 길과 지명을 잘 모르게 된다. 그러나 그런들 어떠한가, 그것이 올레길 아닌가.

아이와 함께 올레길을 걸으면서 특별히 하지 않겠다고 마음먹은 것 중 하나는 아이에게 설명을 하지 않겠다는 것이었다. 무엇인가를 설명해 주려고 하다 보면 내 생각이 자꾸 들어가게 되고, 그러다 보면 아이에게 무엇인가를 강요하게 되기 때문이다. 그냥 아이 스스로 느끼게 하는 것, 그것이 오랫동안 길을 걸으면서 할 수 있는 최고의 선물이라고 생각했다.

우리가 걸었던 길을 뒤돌아봤다. 아름다운 길을 올레꾼들이 걷고 있다.

포장마차 할머니
점심 도시락까지 얻어먹다니!

법환포구에서 점심을 먹을 것을, 그때만 하더라도 그리 배가 고프지 않아 먹지 않았는데 그게 화근이었다. 이후에는 적당히 먹을 곳이 없었다. 올레길에는 밥을 먹을 곳이 마땅치 않은 경우가 많아 미리 먹을 것을 챙겨가든지, 아니면 식사를 할 만한 곳을 미리 알아두지 않으면 낭패를 보기 쉽다는 것을 경험했으면서도 이번에도 또 실수를 했다. 올레꾼들도 많은 코스이고 하니 걷다 보면 먹을 만한 곳이 있을 것이라고 그냥 지레 짐작을 해버린 것이다.

슬슬 배가 고파 오는데도 식당이 보이지 않자 조바심이 났다. 식당을 찾아 길을 벗어나야 하는 상황이 올 수도 있기 때문이다.

예쁘고 환상적인 바닷가 길을 따라 얼마를 가자 야자수숲이 보였다. 거대한 야자수들이 하늘을 향해 일렬종대로 서 있는 이국적인 풍경 아래, 바람이 씽씽 부는 바닷가 옆에 천막이 보였다. 바로 할머니 한 분이 멍게와 해삼, 막걸리, 사발면 등을 팔고 있었다. 아이와 나는 신이 나서 달려갔다.

높이 자란 야자수들이 일렬종대로 늘어선 이국적인 풍경.

허겁지겁 밥을 먹고 있는 모습이 재미있는지 아이는 꽤 여러 컷의 사진을 찍어댔다.

"할머니, 사발면 두 개 주세요."
"어쩌나, 사발면이 한 개밖에 없는데."
"그럼 삶은 계란 주세요."
"그것도 다 떨어졌는데."
"네?!"
"오늘은 사람들이 많네. 다른 때는 안 팔려서 몇 개 안 갖다 놓았거든. 사발면
도 딱 두 개 갖고 나왔는데."
세상에, 사발면 두 개를 팔려고 나오셨다니 할 말을 잃었다. 하는 수 없이 사
발면 한 개를 사 아이만 먹게 했다. 해삼과 멍게가 있었지만 그걸 혼자 먹고
싶지는 않았다.
"저, 막걸리 한 잔도 파나요?"

할머니는 아예 막걸리 한 통을 갖다 주시면서 먹을 만큼 먹으라고 했다.

"어휴, 배고파서 먹는 건데요."

막걸리 한 잔을 마시면서 아이가 먹는 사발면에 눈독을 들였지만 아이 역시
배고픈지라 정신없이 먹어댔다.

"배고프나?"

아이가 먹는 것을 빤히 쳐다보고 있는 내가 안쓰러웠던지 할머니가 물었다.

"여기 내가 먹고 남은 건데 남은 상추랑 줄 테니 먹어."

할머니가 당신 찬합에서 밥을 덜어주셨다. 반찬은 상추 몇 장과 쌈장, 그리고
약간의 김치가 전부, 그걸 먹는데 꿀맛이었다. 앞으로는 바닷바람이 불어대
고 등 뒤로는 사람들이 지나갔다.

할머니는 파는 밥이 아니라며 한사코 사발면 값과 막걸리 한 잔 값만 받으셨
다. 마침 배낭에 한라봉이 들어 있어 한 개를 꺼냈더니 그것마저 됐다 하는
바람에 하는 수 없이 테이블 위에 놓고 일어나야 했다.

길을 걷지 않고는 도저히 만날 수 없는 제주의 정. 그 투박하지만 깊은 정을
만나게 해준 제주올레, 정말 고맙다.

극기훈련하세요?

서귀포 시민들의 여름 휴식처라는 속골과 아름다운 돔배낭길을 지나고 외돌
개에 가까워지자 정말 걷기 딱 좋은 길들이 이어졌다. 올레길을 만든 서명숙
이사장은 돔배낭길을 일컬어 '세상에서 가장 아름다운 길'이라고 했다. 그
런데 오늘은 너무 사람들이 많다. 올레길 걸으면서 이렇게 많은 사람들을 보
는 것은 처음인데 일요일인 데다 외돌개는 올레길 이전부터 관광객이 많은
곳. 올레꾼보다 단체 관광객이 훨씬 더 많았다. 외돌개가 잘 보이는 곳에서
사진을 찍으려면 줄을 서고 기다리기까지 해야 했다. 하필이면 일요일에 이
코스를 오다니. 이 코스를 선택한 내가 안타까웠다. 특히나 우리가 코스를 거
꾸로 걷다 보니 사람들과 늘 마주치면서 걸을 수밖에 없었다.
올레길을 걷는 사람은 남녀노소를 불문한다. 나처럼 아이를 데리고 걷는 사람도, 나이든 부모를 모시고 걷는 사람도, 젊은 청춘들도 있다. 걷는 것은 누구나 할 수 있기 때문이다. 또 올레길에서 혼자 걷는 사람을 자주 보는데, 그들은 걷는 것만큼 자유로운 것이 없다는 것을 아는 사람들이다.

혼자 걷는 동안 특별히 누가 말을 걸어오지 않는 이상 말을 할 일이 없다. 그냥 한없이 길을 갈 뿐이다. 혼자 걷는 길에서 만나는 것은 진정한 자유. 그때는 나의 번잡한 일상이 그대로 멈춰진 상태. 따라서 생각도 멈춘다. 길을 걷는 동안 어쩌다 일과 관계된 전화통화라도 할라치면 저절로 마음이 확 닫히는 것을 느낀다.

혼자 걸을 때보다 아이와 함께 걷다 보니 아무래도 말을 많이 하게 된다. 아이와 끊임없이 이야기를 해야 하기 때문. 특히나 재영이는 입을 거의 가만 두지 않는다. 남자 아이가 어쩜 이렇게 말이 많을까 싶은데 사춘기 지나고 나면 아들 목소리가 그리울 정도라고 하니 참을 수밖에.

서귀포항과 바로 앞 새섬을 연결하는 새연교 풍경. 밤에는 다리의 조명이 화려하다.

고기잡이 나간 할아버지가 돌아오지 않자 할머니가 기다림에 지쳐
돌이 되었다는 전설이 전해지는 외돌개.

제주올레 6코스는 외돌개를 지나면 천지연폭포로 이어지고 그곳에서 다시 서귀포 시내로 들어가 카페 미루나무가 있는 이중섭거리를 돌아나와 제주올레 사무국으로 이어진다.

천지연폭포로 내려갈까 하다가 서귀포 시내로 이어지는 길을 택했다. 오늘 걷기의 목표 지점은 카페 미루나무. 폭포로 내려갔다 다시 올라오고 구불구불 돌아가는 올레길로 가기에는 햇볕은 너무 뜨겁고, 발바닥에서는 열이 나 통증이 심했다. 배낭을 짊어진 어깨도 아팠다. 어느새 오후 3시 30분. 6시간 30분을 걸었다.

이쯤 되자 아이와 나는 서로 조금만 신경을 건드려도 짜증을 내기 시작했다.

"제발 이젠 그만 걸어요!"

아, 나도 이젠 그만 걷고 싶다. 그러나 아이에게 그래도 목적지까지 걷는다는 것을 보여주고 싶다는 생각 때문에 멈출 수 없다.

아이는 조금이라도 지름길로 가 볼까 서귀포정수처리장으로 이어지는 길로 갔다. 길이 없다고 우기고 도로로 가던 나는 길이 이어진다는 말을 듣고 다시 되돌아갔다. 지친 상태가 아니라면 훨씬 느낌이 좋았을 길을 너무 힘든 나머지 그냥 좋다, 라는 생각만 하고 걸었다. 그런데 산책길은 다시 아까의 도로와 만난다.

아아, 너무 덥고, 힘들다.

나는 멈췄다.

"택시!"

마침 지나던 택시가 바로 우리 앞에 섰다.

"와, 택시다!"

좀처럼 택시를 탈 것처럼 보이지 않던 내가 갑자기 택시를 잡아 세우자 아이가 환호한다.

이중섭 생가 풍경. 그 뒤로 이중섭 미술관이 있다.

카페까지 택시를 타고 걸린 시간은 불과 5분 남짓. 아깝다. 조금만 더 걸었으면 되는데. 하지만 차로 5분 거리니 20분은 족히 걸어야 했을 것이다. 만일 택시를 타지 않고 마저 걸었다면 어땠을까? 아마도 아이와 나는 둘 다 지쳐 쓰러지지 않았을까 싶다. 아니, 아이보다 내가 쓰러졌을 것이다. 아닐 때는 빨리 포기하는 것, 그것이 행복의 지름길이다.

카페에 들어서자 아이는 언제 힘들었냐는 듯 피아노 앞에 앉아 신나게 피아노를 쳤다. 카페 주인 후배가 말했다.

"뭘 그렇게 걸어요? 무슨 극기 훈련도 아니고."

그러게. 저 무거운 배낭을 메고 왜 그렇게 걸었을까. 공항에서 배낭 무게를 재니 각각 9kg, 6kg이었다. 세상에!

이중섭 생가 앞으로 난 도로 '이중섭 거리' 풍경. 이중섭의 작품들이 곳곳에 그려져 있다.(위)
벽에 그려진 이중섭 그림.(중간)
카페 미루나무 앞에도 이중섭의 그림이 걸려 있다.(아래)

인터미션
intermission

아이는
지리산을 종주하고

제주올레길을 걷고 온 그 다음 주 아이는 제 아빠와 함께 운길산-적갑산-예
봉산 종주를 하고 왔다. 총 길이 14km, 7시간 등반.
그리고 그 다음 주에는 지리산 종주를 하고 왔다. 함께 갈 것인가 잠깐 고민
했지만 지리산 종주를 하기에는 나의 체력이 부족하다는 생각이 들었다. 올
레길은 지치면 쉬고, 쉽게 되돌아갈 수 있지만 지리산은 한번 올라가면 내려
오는 게 쉽지 않은 길이다. 나 때문에 어렵게 잡은 종주 일정이 실패하면 안
됐다.
남편과 아이는 서울 영등포역에서 새벽 6시 구례행 기차를 타고 노고단으로
올라가 6시간 반을 걸어 연하천 대피소에 도착했다고 한다. 그런데 다음날
날씨가 심상찮아 새벽 4시에 일어나 산행을 시작, 천왕봉을 찍고 진주 중산
리로 내려와 고속버스를 타고 서울로 올라왔다. 무려 하루에 13시간의 산행
을 한 것이다.
처음에는 2박 3일 일정으로 장터목 대피소에서 하룻밤을 묵을 계획이었는데
비가 온다는 일기예보를 듣고 새벽부터 강행군을 했다는데 비바람이 얼마나
거센지 천왕봉 정상에서 찍은 증명사진이 모두 엉망이었다. 5월 하순, 서울
에서는 반팔을 입고 다니는데 그곳에서는 겨울옷을 입어야 했단다.

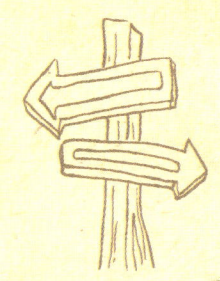

밤 12시, 남부터미널로 아이를 데리러 갔을 때 힘들지 않았느냐는 질문에 아이는 졸면서 말했다.

"재미있었어요."

"다음에 또 갈 거야?"

"그럼요."

다음 날 제 아빠는 다리가 아프다는데 아이는 멀쩡히 뛰어다녔다.

"근데 아빠, 왜 다리가 아파요?"

아이는 마치 뒷산이라도 다녀온 표정이다.

"우리 재영이, 정말 대단하네."

내가 한껏 아이를 치켜세우자 아이가 말했다.

"앞으로는 이재영 씨라고 불러주세요."

맙소사!

나는
강화올레길을 걷고

아이가 지리산 종주에 나선 동안 나는 'JJ산악회' 친구들과 함께 강화올레길을 걷고 왔다.

JJ에 무슨 거창한 뜻이 있는 척하지만 사실 JJ는 '저질'을 뜻하는 말이다. 이 산악회를 만든 동화작가 김선희가 어느 날 갑자기 등산이 너무너무 하고 싶어져서 친구와 함께 단둘이 북한산 등반에 나섰는데 그녀들 앞으로 수없이 앞서나가는 사람들을 보고 '우리는 체력이 저질이야'라면서 만든 것이란다. 김선희의 강력한 요구에 나도 산악회에 들어갔지만 산악회 활동은 뜸했던 편. 번번이 아이와 동행하기도 쉽지 않고. 더욱이 산을 좋아하는 남편은 특별한 스케줄이 없는 날이면 늘 산에 가는데 그때마다 안 간다 했던 내가 친구들과 함께 산에 다니는 것이 조금 불편했다.

하지만 JJ산악회 멤버들과 산에 한번 오른 후 그들의 화기애애한 분위기에 그만 반해버리고 말았다. 글을 쓰고 번역을 하고 직장을 다니는 회원 8명은 일도 제각각, 체질도 제각각, 생각도 제각각인데 그 제각각을 모두 아우르면서 이야기가 통하는 사람들이어서 산에서 내려와 뒤풀이를 하다 보면 밤 12시를 넘기기 일쑤다.

JJ산악회와, 가족산악회(남편과 아이가 멤버의 전부)가 모두 산에 가게 된 날 나는 밤새·잠을 못 이뤘다. 도리상으로는 가족산악회에 가야 하지만, 의리상으로는 JJ산악회에 가고 싶었기 때문이다. 그러나 결국 '친구' 보다 '엄마' 역할, 우정보다는 가정 평화를 위해 가족산악회를 따라갈 수밖에 없었다.

강화올레길은 한의사 이유명호 선생이 나서서 만든 길. 《나의 살던 고향은 꽃피는 자궁》이란 책으로 유명한 사람인데, 알고 보니 제주올레 서명숙 이사장과는 언니동생 하는 사이인 데다 서 이사장이 제주올레를 만들기 전부터 함께 전국 곳곳을 걷던 사이라고 한다.

서명숙 이사장은 자신의 책 《놀멍 쉬멍 걸으멍 제주 걷기 여행》에서 '사실 연원으로 따지면 강화올레가 제주올레보다 오래 되었다. 언니는 몇 년 전부터 민통선 지역의 들길과 수로길을 샅샅이 뒤지고 다녔으니까' 라고 쓰고 있다. 제주올레보다 더 오래된 강화올레. 이유명호 선생이 운영하는 한의원 사이트에 들어가 올레 코스를 알아봤는데 이유명호 선생의 글솜씨야 이미 아는 터였지만 올레길 코스도 어찌나 재미있게 써놓았는지 저절로 웃음이 킥킥 나왔다.

그 코스대로 하점면사무소 주차장에 차를 주차하고 봉천산에 올랐다 하산, 국도를 따라 걷다 모내기가 한창인 들판을 수로를 따라 정처 없이 걸었다. 들판을 걷는 기분은 참 묘했다. 지평선까지는 아니더라도 끝이 보이지 않는 길을 걸어가는 듯한 느낌. 숲과 바다, 마을로 이어지는 제주올레와는 아주 다른 느낌이었다.

무태돈대까지 걸어갔다 그곳에서 밥을 먹고 다시 주차한 하점면사무소로 걸어갈 때는 일부러 논둑길을 걸었다. 내가 걷고 싶은 길은 흙길이지, 잘 정리된 시멘트도로가 아니었기 때문이다.

논둑길을 걸을 무렵은 해가 질 때였다. 세상이 가장 고요해지는 순간. 밝음과 어둠의 그 경계. 들판의 저녁이 내 가슴으로 온전히 들어오는 충만함.

참 이상하게 눈물이 핑 돌았다.

'여기가 어디지?'

걷는 내가 내가 아닌 듯한 느낌. 현실속의 내가 낯선 느낌. 들의 저녁 냄새가 내 온몸으로 배어들었다.

 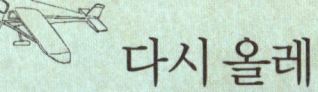다시 올레

올레,
갈래 말래?

아이 학교가 갑자기 재량방학을 한다는 소식을 듣자마자 떠오른 생각은 '올레 가야지' 였다.

어쩌다 보니 두 달 내내 주말마다 산에 가거나 여행을 가고 있었다.

'그래, 이번 여행만 하고 돌아와서는 차분하게 지내자.'

컴퓨터를 켜고 항공표를 검색했다. 좌석들이 상당 부분 매진돼 있었다. 다행히 금요일 저녁 때 표가 남아 있어 서둘러 예약을 마쳤다. 며칠 후면 다시 제주올레길을 걷는다 생각하니 마음이 설렜다

"금요일날 학교 갔다 와서 바로 제주도 갈 거야."

"앗싸!"

학교 갔다 온 아이에게 말하자 당연히 아이도 신나했다. 그러더니 저녁 때 잠자리에 들면서 말했다.

"엄마, 대체 언제 일하세요?"

"……"

참 어이가 없어서. 내 일은 그렇다 치고, 제 공부는 언제 하려는지. 하긴 엄마 아빠가 데리고 다니면서 놀리니 아이에게 뭐라 할 말도 없다.

이날부터 아이가 조금이라도 말을 안 들으면 나의 협박용 멘트가 튀어나왔다.

"너, 올레 갈래 말래?"

나는 이 말이 너무 재미있어서 하루에도 몇번씩 써먹었다. 그러자 아이도 따라했다.

"엄마, 올레 갈래 말래?"

자식이 주는 기쁨은 7살 때까지, 그 때의 그 기쁨으로

금요일 밤, 제주공항에 내린 시각은 저녁 8시 15분. 달랑 배낭 하나를 멨으므로 짐 찾을 일도 없이 경주빵 한 박스를 사들고 곧장 버스가 모여 있는 주차장으로 갔다. 해비치리조트에서 운영하는 셔틀버스를 타고 가면 우리가 묵을 '세화의집' 아저씨가 나와 주시기로 했다.

앗, 그런데 버스가 없다. 모두 관광버스뿐이고, 사람들을 태우고 떠나기 바쁘다. 8시 45분. 버스 정류장에 대형버스가 하나도 없다. 렌트카 업체 사람들도 하나둘 사라지고 점점 불안해진다. 딱 9시 정각에 출발하기 때문에 1분도 늦으면 안 된다고 했는데…….

8시 50분이 되어서야 드디어 주차장에 차가 나타났다. 우리가 맨 먼저 타고 조금 있다 한 가족이 탔다. 차는 정말 9시 정각이 되자 출발했다. 대형버스에 탄 사람이 열 명도 안 됐다.

해비치리조트에서 민박집 아저씨를 만나 집으로 갔다. 며칠 동안 아는 사람 초상 치르느라 사람을 받지 않았고, 지금 집에는 아저씨 어릴 적 친구 부부가 와 있단다.

민박집에 이르고 보니 마당에 불이 훤하다.

"어서 와라!"

민박집 아주머니가 큰 목소리로 반겼다. 마치 시골 할머니 집에라도 들어서는 듯하다.

지난번에 와서 묵었던 방으로 들어가 짐을 풀자 아저씨가 군고구마를 꺼내왔다. 아주머니가 우리 온다고 구우라고 했단다. 아이와 나는 호호 불면서 정신없이 군고구마를 먹고, 아주머니는 경주빵을 맛나게 드신다.

"이거 내가 참 좋아하는 건데."

미처 뭘 준비하지 못해 공항에서 아이 의견을 따라 경주빵을 산 것인데 마침 아주 좋아하시는 거라니 아이가 더욱 뿌듯해한다.

씻고 난 후 일기를 쓰고 자겠다던 아이는 피곤해서 그냥 자야겠다며 드러누웠다. 나는 아이에게 일기를 쓰고 자라고 했다. 그러나 아이는 쓸 생각을 아예 하지 않았다. 다른 때 같았으면 피곤하니까 하고 그냥 넘겼겠지만 오늘은 아니다. 사실, 서울에서 출발할 때부터 우리는 유쾌한 상태가 아니었다.

며칠간 여행을 다녀오면 숙제를 할 시간이 없어 학교에서 오자마자 숙제거리를 챙겼는데 책가방을 열어 보니 정작 숙제할 수학워크북을 안 갖고 왔단다. 순간 속된 말로 '뚜껑이 열렸다'. 바로 전날에도 한바탕 난리를 치렀는데 어떻게 하루 만에 또 깜빡할 수 있는지 이해가 되지 않았다. 학교생활도 제대로 못하는 상황에서 여행을 간다는 것이 말이 되나 싶어 아이에게나 나에게나 화가 났다.

전날 일이다.

아이가 학교에서 올 시간이 훨씬 지나도록 오지 않았다. 학교 음악회를 앞두고 연습중이어서 평소처럼 스쿨버스를 타고 오는 것이 아니라 시내버스를 타고 오는데, 보통 저녁 6시쯤이면 집에 왔다. 그런데 6시30분이 되도록 아이가 오지 않았다.

학교에 전화를 해 봤지만 학교에 아무도 없다는 경비 아저씨 말이 전부였다. 주변에 버스를 타고 오는 아이들에게 전화해 보니 모두 6시쯤에 도착했단다. 혹시 버스를 타고 잠이 들었나 싶어 남편은 아이가 타고 오는 시내 버스 회사에 전화까지 걸었다.

좀 더 기다려보자고 생각했지만 마음이 불안했다. 나는 땀을 뻘뻘 흘리면서 청소를 했다. 가만히 앉아 기다릴 수가 없었기 때문이다. 7시30분. 아이가 문을 열고 들어왔다. 나는 현관으로 뛰어나가 아이를 꼭 껴안고 그냥 울고 말았다. 덩달아 아이도 울었다. 한참을 울고 나서 물었다.

"왜 이렇게 늦게 왔어?"

아이가 울면서 말했다.

"일기를 내는 날인데요, 일기 다 안 썼다고, 다 쓰고 가라고, 선생님이 남아서 쓰라고 해서 그거 쓰고 왔어요."

맙소사!

눈물이 쏙 들어갔다. 뿐만 아니라 흘린 눈물도 다시 담고 싶은 심정이었다. 야단을 치자니 이미 학교에서 혼나고 온 데다 제 딴에도 힘들었을 것 같아 얼른 씻고 밥이나 먹자고 했다. 설거지를 하고 나니 진이 빠졌다. 그런데 아이는 빠릿빠릿하게 제 할 일을 또 하지 않았다. 잔소리 몇 번 하니 기운이 더 없다. 야단치고 싶은 것을 억지로 참고 말했다.

"근데 너 아까 왜 울었어?"

"엄마가 우니까."

"엄마는 네가 차를 잘못 탔다고 생각하고 얼마나 고생했을까 싶어서 울었던 거야. 얼마나 걱정했는지 알아?"

"저도 학교에서 얼마나 고생했는지 아세요? 일기 다 쓰고 오느라고."

제발 다음에는 잘하자, 라고 다짐한 지 불과 하루 만에 까맣게 잊고 실수하는 아이를 데리고 또 여행을 하는 내가 잘하는 것일까. 나는 나에게 은근히 화가 나 있었고, 그 화는 쉽게 가시지 않던 터였다. 그런데 또 쓰겠다던 일기를 쓰지 않겠다고 하자 그만 화가 치솟고 말았다.

나는 아이를 데리고 밖으로 나갔다. 시골의 밤 동네는 불빛보다 달빛이 흰했다. 하늘에는 둥근 보름달이 떠 있었다. 나는 마당에 보이는 막대기 하나를 집어들고 아이를 윽박질렀다. 아이는 막대기를 보더니 도망을 갔다. 나는 그것이 더 화가 나 아이를 심하게 야단쳤다. 대체 어떻게 하려고 그러냐, 왜 엄마 말을 듣지 않냐……

한바탕 야단을 치른 후 아이는 일기를 쓰고, 나는 거실에 앉아 아주머니와 텔레비전을 봤다. 아저씨는 하룻밤 묵는다는 친구 방에서 늦도록 건너오지 않았다. 폐암 말기 진단을 받고 여행을 왔다는 친구는 해비치리조트에서 묵다 마지막 하룻밤은 친구집에서 자고 싶다고 했단다.

늦게 아저씨가 건너왔을 때 아주머니가 묻자 아저씨가 말했다.

"잠을 안 자는가 보네."

"잠이 오겠나……."

나는 슬그머니 밖으로 나와 모닥불을 피워놓은 곳으로 갔다. 민박집 마당에는 아궁이가 하나 있다. 둘레를 돌로 쌓아놓았는데 아궁이에 불을 때고 앉아 있으면 마치 한증막에 들어가 있는 듯하다.

아궁이가 있지만 위에는 솥 대신 넓적한 제주돌이 얹어져 있다. 그 돌 위에 고구마도 굽고, 감자도 굽는다. 그걸 구우려고 만든 것은 물론 아닐 터. 마음이 좋지 않아 그냥 불구경이나 하려고 앉아 있는데 어느새 아저씨가 오셔서 앉는다.

"내가 산에서 나무를 하다 무릎을 다쳤는데 통 낫지를 않는 거예요. 바지를 입을 수 없을 정도로 다리가 퉁퉁 부어 있었죠. 한의사 하는 친구가 제주 돌로 이렇게 담을 쌓고 화덕을 만들어 불을 쬐라 하더라고요. 믿져야 본전이라는 생각으로 이 돌들을 쌓고 이래 앉아 불을 쬈는데 신기하게 보름 되니까 붓기가 쫙 빠졌어요. 이게 약이예요."

그럴 만도 하겠다는 생각이 들었다. 의학적 지식은 없지만 원적외선 영향이 크지 않았을까 싶다.

"애 키우기 힘들지요?"

밖에서 내가 애를 야단치는 것을 보신 모양이다. 그만 눈물이 핑 돈다.

"나는 애들 공부하란 소리 한번도 안했어요. 건강하면 됐지요. 그래도 애들 잘 컸습니다. 너무 공부, 공부 하지 마세요. 저 좋아하는 거 시키세요. 애 건강하고 똑똑하더만!"

내가 생각할 때 나는 공부하라고 애를 잡는 엄마는 아닌 것 같은데 이런 말 들으면 조금 억울하다. 그러나 여기까지 와서 애를 그렇게 무섭게 윽박질렀으니 뭐라 딱히 변명할 여지가 없다.

"서울에서 살면 머리 복잡할 때 많지요? 여기서는 그럴 일이 없습니다. 그냥 사는 거지요."

아저씨 말에 그냥 고개를 끄덕끄덕한다.

복잡하게 산다는 것은 그만큼 욕심을 부린다는 것일 게다. 아이에 대한 욕심, 일에 대한 욕심, 돈에 대한 욕심 등등. 뿐일까? 끊임없는 욕망들로 가득 채워진 삶. 욕망으로 똘똘 뭉쳐 살아온 날들이 순간적으로 획 스치고 지나갔다. 얼굴이 화끈거렸다. 아궁이에 불은 어느새 잦아들고 있는데.

"그만 들어가 애 달래주세요."

들어와 보니 아이는 일기를 다 쓰고 옷 입은 그대로 잠이 들어 있다. 바지를 벗기려고 하니 잠결에 허리춤을 잡고는 눈을 퍼뜩 뜨더니 이내 감는다.

"어유, 이놈의 자식!"

확 끌어안자 아이가 나를 밀쳐낸다. 힘이 보통이 아니다. 아이가 정말 많이 컸다.

민박집 아저씨와 함께.
뒤에 돌이 쌓인 것이 바로 치료를 목적으로 한 아궁이.

아이를 키우면서 비로소 어른이 된다는 생각, 참 많이 한다. 나이를 먹는다고 다 어른이 되는 것이 아니라는 것을 아이를 키우면서 비로소 하는 것은 아이를 키우면서 겪는 일들이 너무나 많기 때문이다. 혼자 살 때와 결혼해서 살 때가 다르고, 아이 없이 살 때와 아이 낳고 살 때가 확연히 다르다.

20여 년 전 소설가 안정효 선생을 인터뷰했을 때 일이다. 선생은 쌍둥이 딸을 두고 있는데 둘 다 서울대를 졸업했고, 한 명은 인문대학을 수석졸업까지 했다. 그런데 졸업과 동시에 한 명은 외국으로 유학을 가고, 다른 한 명은 수녀원으로 들어갔다. (20여 년 전 독일 유학과 수녀원으로 각각 들어갔던 안 선생의 두 딸은 지금 모두 교수가 됐다.) 그때 잘 키운 딸이 수녀가 된다는 것이 서운하지 않느냐는 우문에 선생은 이렇게 말했었다.

"자식이 내게 주는 기쁨은 7살 때까지예요. 그때의 그 기쁨으로 자식을 키우는 것이지요."

너무 오래된 기억이라 선생의 표현이 정확한 것은 아니지만 내가 아이를 낳고 키우면서 선생의 그 말이 자꾸 생각이 난다. 그렇지, 그런 마음으로 아이를 키워야지. 그런데 늘 생각뿐이다.

한창 호밀이 익어가고 있는 계절. 아이가 호밀밭에 들어가 셀카를 찍었다.

아이는 밭에 들어가 한참 있다 나와서는 말했다. "바람이 가득해요!"

아이가 초등학교 1학년을 마칠 무렵의 일이다. 그때는 아이가 잘못하면 매부터 들었다. 정말 때린 경우는 몇 번 안 되지만 매를 갖고 야단을 치면 아이가 말을 잘 듣는 것 같았다. 그때도 무슨 일인가 아이가 잘못해서 혼낼 일이 있어 방문을 탁 닫고 회초리를 들었다. 그러자 약간 겁을 먹은 아이는 울면서 또박또박 말했다.

"우리 학교 선생님께서 때린다고 잘못이 고쳐지지 않는다고 하셨어요! 매를 때리는 것보다 말로 하는 것이 좋다고 말씀하셨어요!"

어찌나 똑바로 말하는지 나는 들고 있던 매를 내려놓을 수밖에 없었다. 맞는 말 아닌가. 체벌이 안 좋다는 것을 모르는 것도 아닌데, 내 홧김에 매를 들었던 것이 한두 번이 아니다. 슬그머니 회초리를 내려놓고 그 이후로는 매를 들지 않았다. 차마 아이에게 매를 들 수는 없었다. 그런데 제주까지 와서 매를 든 것이다. 결국 내 화를 내가 참지 못한 것에 대한 회한이 일었다.

아침밥상이
곧 제주올레의 맛

아주머니 노랫소리를 듣고 잠결에 '아, 내가 제주에 있구나' 실감한다. 시계를 보니 아침 6시. 좀 더 자고 싶어 이부자리에서 뭉그적거리다 이내 일어나 밖으로 나갔다. 제주 시골의 아침 공기가 시원하다. 하늘도 더할 나위 없이 맑다.

"걷기 좋은 날씨네요."

언제 일어나셨는지 아저씨가 뒤켠에서 나오셨다.

아주머니가 노래를 흥얼거리며 아침밥상을 차리시는데 수저를 보니 딱 두 개다.

"먼저 먹어요."

그러고 보니 아저씨 친구 내외 말고는 묵는 사람이 우리뿐. 아이가 고기 좋아한다는 것을 알고 아침부터 보쌈도 꺼내놓으시고, 햄도 꺼내놓으셨다. 아주머니의 세심한 배려에 그저 놀랄 뿐이다. 그런데 늦게 잔 데다 눈을 뜨자마자 밥상에 앉은 아이는 밥을 제대로 먹지 않는다. 내가 다 미안하다.

나는 뜨끈한 밥 한 그릇에 눌은밥까지 다 비워낸다. 이 맛, 바로 내겐 제주올레의 맛이다.

또 해비치리조트 올레 셔틀버스를 이용한다. 오전 9시. 1코스부터 3코스 출발점까지 데려다주는 셔틀버스 덕분에 올레꾼들이 편하다. 오늘은 우도로 들어갈 예정이다. 버스를 타고 성산항 입구에서 내려 10분쯤 걸어가면 된다. 우도는 올레 1-1코스. 예전에 제주도에 왔을 때 우도에 몇 번 들어갈까 했지만 그때마다 안 들어간 이유는 '특별히 할 일이 없다' 는 것. 그래서 한 일이 배를 타고 우도 근처를 한 바퀴 돌면서 설명을 듣거나, 잠수정을 타고 바다 속을 구경하는 일을 했다. 그야말로 '관광' 을 한 것. 그런데 이젠 그 특별히 할 일 없는 우도에 들어간다. 단순히 걸으러.

내게 우도의 기억은 영화 '깃' 에서부터 출발한다. 시나리오를 쓰던 영화감독이 10년 전 헤어진 애인과의 약속을 지키기 위해 우도로 찾아간다는 이야기. 1995년 개봉된 영화다. 우도는 이후 전지현 이정재 주연의 '시월애' 와 전도연 주연의 '인어공주' 촬영지로 더욱 유명해졌다.

배에 올라타자 재영이는 갑판으로 뛰어나가 아예 들어오지 않는다. 나는 선실 바닥에 쭈그리고 앉아 꾸벅꾸벅 졸았다. 늦게 자고 일찍 일어난 탓에 잠이 덜 깼다. 아이는 어제 나한테 혼난 일은 까맣게 잊어버렸다.

언젠가 학교 갈 시간이 다 되도록 뭉그적거린다고 혼이 난 날 아침에 물었다.

"너 이렇게 엄마한테 혼나고 학교 가면 하루 종일 기분 나쁘지 않아? 엄마는 하루 종일 마음이 안 좋은데."

"나는 학교 가면 친구들과 노니까 금방 잊어버리지."

아이들은 다행히 빨리 잊어버린다. 언제나 어른들이 문제다.

우 도 에 서   만 난   옛   친 구

우도선착장에 도착하니 오른쪽으로는 그 유명한 우두봉이 보였다. 그런데 봉우리다 보니 조금 올라가야 한다. 어느 쪽으로 갈까, 우두봉 반대쪽인 왼쪽으로 우도를 한 바퀴 돌고 우두봉을 마지막으로 가면 좋겠다 싶었다. 그래도 확인을 하고 가야지. 나는 아이를 앞세우고 우도관광안내지도판 앞으로 갔다. 배에서 내린 사람들이 그 앞에 많이 서 있다.

그런데, 그 사람들 중에 아는 얼굴이 보였다.

"아니, 여기 어쩐 일이야?"

"아니, 여긴 어쩐 일이야!"

나도 놀라고, 상대방도 놀라고. 오래 전 한 시절 같은 직장에서 일하던 친구인데, 8년 전 출판사를 차려 지금은 제법 견실하게 자리를 잡았다.

"난 직원들하고 놀러왔어."

"나는 우리 아들하고 놀러왔지."

10명의 전 직원이 함께 왔단다. 그의 예쁜 부인까지. 그가 직원들과 함께 커피를 한 잔씩 마시는 바람에 나도 커피 한 잔 얻어먹고, 아이도 아이스크림 한 개를 얻어먹었다.

"엄마는 아는 사람이 참 많아요. 여기서도 만나네."

그러고 보니 제주도에 와서 우연히 정말 많은 사람을 만났다.

아주 친한 친구처럼 나는 그와 그의 부인 곁에서 함께 걸었다. 그런데 의외로 그의 걸음이 느렸다.

"내가 특별히 몸이 나쁜 데는 없는데 힘이 들어. 출판사 8년 하면서 몸이 다 망가졌거든."

순간 마음이 짠했다. 안 봐도 알 것 같다. 달랑 혼자 시작해서 10명이나 되는 직원들을 두고 일을 하기까지 얼마나 밤낮 가리지 않고 일을 했겠는가. 더욱이 점점 안 좋아지는 출판시장에서 책을 내고 먹고 산다는 일이 얼마나 힘든 일인지.

내가 처음 사업자 등록을 하고 회사 이름으로 통장을 만들기 위해 은행에 갔을 때 담당직원이 해맑게 웃으며 말했다.

"어떤 사업 시작하셨어요?"

"출판사요."

"아, 네. 요즘 출판업이 어떤가요?"

"어려운데요."

뜻밖의 대답에 직원이 멍하고 나를 쳐다봤다.

"그런데 왜 그 일을 하세요?"

"이 일밖에 할 줄 아는 게 없어서요."

나는 하하 웃으며 대답했지만 은행 직원은 조금 당황한 얼굴로 조금 웃었던 기억이 난다.

워낙 천천히 걷다 보니 아이가 저만치 앞서 걸었다. 어느새 그의 직원들도 저만치 앞서 가고 있었다.

"이제 운동도 하고 건강도 챙기면서 일하셔. 그러다 정말 몸 망가진다."

예쁜 그의 부인이 곁에서 고개를 끄덕댔다.

눈부신 경치, 우도 8경

왼쪽으로 바다를 끼고 3, 40분쯤 걸었을까, 아주 예쁜 밭길을 지나자 해수욕장이 펼쳐졌다. 바로 우리나라에 하나밖에 없는 산호 해수욕장으로 2004년 천연기념물로 지정된 곳이다. 홍조단괴해빈이라는 어려운 말로 불리기도 하는데 그 뜻은 '홍조류가 바위 등에 몸을 붙이면서 살기 위해 만들어내는 하얀 분비물과 조가비로 만들어진 백사장'이다.

아이나 나나 눈부신 백사장을 보고 미친 듯 소리를 지르며 내달렸다. 눈부신 백사장과 푸르디 푸른 바다. 아이는 이리 뛰고 저리 뛴다.

섬 모양이 소가 돌아누운 모습과 닮았다는 데서 유래된 섬 우도. 우도에는 이 곳을 포함해 '우도 8경'이 있다. 첫번째는 주간명월(晝間明月). 우도 사람들이 '달그린안'이라고 부르는 이것은 우두봉 아래 한 동굴에서 오전 10시에서 11시 사이 햇빛이 동굴 천장에 반사돼 둥근 무늬와 합쳐지면서 달 모양을 만들어내는 것을 뜻한다. 시간 때를 맞춰 우두봉 아래로 가면 달그린안을 보려는 관광객들이 많이 모여 있는 것을 볼 수 있다.

두 번째는 한밤중에 우도 주변을 아름답게 비추는 고깃배들을 일컫는 야항어범(夜航漁帆), 아무리 깜깜한 날이라도 고깃배들의 불빛이 마을 안까지 훤하게 비추는데, 바다와 하늘을 밝히는 그 불빛은 정말 아름답다고 한다.

세 번째는 우도의 관문인 동천진동항에서 바라보는 일몰이 최고라는 데서 유래한 천진관산(天津觀山), 네 번째는 지두청사(指頭靑沙)라고 하여 우도의 최고 봉우리인 우두봉에 올라가 보는 우도 전체와 초록빛 물결이 바다와 맞닿아 있는 황홀한 풍경, 다섯 번째는 전포망도(前浦望島)로 우도 건너편인 구좌읍 종달리 부근에서 우도를 바라볼 때 우도의 섬 모양을 가장 잘 볼 수 있다는 것이다.

또 바다를 등지고 솟아 있는 바위 절벽을 뜻하는 후해석벽(後海石壁)은 우두

속이 훤히 들여다보이는 산호 해수욕장에서 물놀이를 즐기는 사람들.

봉 기암절벽의 아름다움을, 동안경굴(東岸鯨窟)은 동쪽 해안의 고래굴이라는 뜻으로 검멀래 모래사장 끝에 있는 절벽 아래 '콧구멍' 이라고 불리는 동굴, 그리고 마지막이 바로 서쪽의 흰 모래톱이라는 뜻을 지닌 서빈백사(西濱白沙) 즉, 산호 해수욕장이다.

아는 것 많은
느림보 아저씨

문득 전화벨이 울렸다. 제주에 온 김에 우도에서 만나 함께 걷기로 한 친구다. 그 역시 제주가 좋아 몇 년째 제주도에 머물고 있는 중이다.

우리보다 1시간 늦게 성산항에서 출발했음에도 불구하고 우리가 놀멍 쉬멍 걷는 동안 이내 해수욕장까지 따라붙어 함께 걸었다. 사실 블로그를 통해서 만난 사이. 그러니 얼굴을 대면하는 것은 처음이다. 그런데 함께 걷다 보니 금세 친해졌다.

그의 삶의 모토는 느림. 그 느림보 아저씨가 그런데 꽤 걸음이 빠르다. 그를 따라 걷는데 오히려 그는 내게 걸음이 빠르단다. 아이는 또 새로운 사람을 만난 것이 기분 좋아 길을 가면서 계속 이것저것 묻는다. 문득 아이가 놀랍다는 듯 한마디 한다.

"아저씨는 꽃 이름도 알고, 나무 이름도 다 아네! 어떻게 다 알아요?"

"그냥 다니다 보면, 살다 보면 다 알게 돼."

"우와, 올레길 만든 서명숙 선생님은 제주도에 살아도 꽃 이름과 나무 이름은 묻지 말라시던데."

정말 느림보 아저씨는 이것저것 아는 게 많았다. 우도에 대해서도 이것저것 설명하면서 걸어 마치 우리의 가이드 같았다.

바닷내 물씬 풍기는
시커먼 보말칼국수

아침을 워낙 든든히 먹은 탓에 전혀 배가 고프지 않을 줄 알았는데 어느새 배가 고프다. 시계를 보니 12시가 넘었다. 민박집 아주머니가 싸준 주먹밥은 두 개. 느림보 아저씨는 어쩐다 고민하는데 금세 눈치를 챈 느림보 아저씨가 말했다.

"조금만 더 가면 맛있는 칼국수집이 있어요. 우도는 정말 먹을 곳이 마땅찮아 저도 처음에는 김밥을 싸갖고 들어왔는데 이 집을 발견하면서부터는 그냥 그곳으로 가지요."

앗, 칼국수! 내가 가장 좋아하는 음식 중 하나가 바로 칼국수다. 그것도 보말칼국수란다. 보말이란 제주고동을 말한다. 기대를 하면서 걷다 보니 허기가 갑자기 더 심하게 밀려왔다. 보말칼국수집을 코앞에 두고 멋진 해변가가 펼쳐졌다. 하고수동 해수욕장. 빨리 들어가 칼국수를 먹고 싶은데 아이는 또 바닷가 사진 찍는다고 하고, 느림보 아저씨는 아이랑 함께 천천히 걷는다. 아, 하마터면 또 아이에게 소리 지를 뻔했다. 빨리해!

보말칼국수집은 그냥 시골의 여느 식당 같은 분위기. 느림보아저씨가 주문도 하기 전에 식당에 앉자마자 주먹밥을 꺼냈다. 그래도 예의를 차리고, 칼국수도 먹어야 하니까 허겁지겁 먹지는 못한 채 "이거 꽤 맛있어요."라고 말하면서 조금씩 먹었다. 아이는 주먹밥을 보자 뚝딱뚝딱 먹는다.

칼국수가 나오기 전 낙지와 무늬오징어(미스이까)가 데쳐 나왔다. 분명 이 우도바다에서 잡혀 식탁에 올려졌을 것들. 역시 쫀득하고 입에 착 달라붙는 맛

방사탑. 마을의 액운을 막으려고 세운 이 돌탑들은
육지의 장승이나 솟대와 같은 기능을 갖고 있다.

이 최고다. 그런데 먹으면서도 내내 불안했다. 이렇게 먹다가는 정작 보말칼
국수는 배불러서 어떻게 먹나.

잠시 후 시키먼 보말칼국수가 냄비에 나왔다. 국물이 시커먼 것은 보말이 바
다 속에서 해초를 먹기 때문이란다. 국물맛이 시원한 것이 일품이었다. 깊은
바다에서 해녀들이 직접 채취했다는 보말. 그런데, 안타깝게도 많이 먹을 수
가 없었다. 이미 이것저것 먹은 것들이 많은 탓에. 아이는 어느새 후딱 먹고
밖에 나가 사진을 찍고 있었다.

호밀이 익어가는
우 도 봄 풍 경

우도의 5월 말 풍경은 호밀이 익어가는 모습이다. 호밀은 바로 위스키나 맥
주의 원료가 되는 것. 마치 가을의 한가운데를 걷는 느낌이다.

우도의 특산품 중 하나가 바로 땅콩이다. 우두봉 아래 작은 마트에서 우도땅
콩을 파는데 그제야 나는 우도땅콩의 맛을 알았다. 껍질을 벗기지 말고 먹으
라는 마트 아저씨의 설명에 그냥 먹어 보니 정말 맛이 고소했다. 평소 땅콩을
즐기지 않던 아이도 자꾸만 땅콩을 집어먹었다.

우도에서 가장 높은 봉우리 우두봉에 오르면 우도를 한눈에 내려다 볼 수 있
다. 우두봉은 소의 머리라는 뜻으로 쇠머리오름 우두악이라고도 한다. 이곳
에서는 제주도를 바라볼 수 있다. 정작 제주 안에서는 제주도를 보지 못하고,
우도 안에서는 우도를 보지 못한다.

우도를 걷고 있어도 우도의 모습은 정작 저 밖에 나가야 볼 수 있는 것. 사람도 마찬가지다. 나는, 내 자식은 제대로 눈에 보이지 않는 법. 밖으로 나가 바라볼 수 있어야 하는데, 그것이 참 쉽지 않다.

우두봉을 돌아 내려오는 길은 나지막하고 한적한 숲길이다. 이곳에서는 다행히 ATV(사륜오토바이)가 눈에 띄지 않았다. 우도를 걷다 보면 곳곳에서 ATV가 적잖이 돌아다니는데, 전용도로가 있는 것도 아니고 몇 번이나 깜짝깜짝 놀랬다. 버스도 있고, 자전거도 있는데 굳이 ATV까지 타고 다닐 것은 없지 않을까 싶은 생각이 드는 건 걷는 사람으로서는 당연한 것일 터.

천천히 걷던 우리들 걸음이 조금 빨라졌다. 그야말로 놀멍 쉬멍 하염없이 걷다 보니 어느새 4시. 아침 10시쯤부터 걸었으니 6시간쯤 걸은 셈이다. 그런데도 전혀 힘들지 않다. 그냥 조금 오래 산책을 한 느낌.

우도올레의 참맛

우도올레는 제주섬 올레와 또 다른 맛을 자아냈다. 누군가는 우도
올레를 제주올레의 축소판이라고 하지만 전혀 다른 느낌을
준다. 밭길과 목장 초원길, 그리고 바닷길과 우두봉에
올랐다 내려오는 동안 하늘도, 바람도 우도만의
모양과 냄새를 냈다. 우도올레, 안 갔으면
정말 후회할 뻔했다.

우도의 풍경. 우두봉 아래에서 내려다본 풍경과 우도올레를 걷는 올레꾼들(앞).
해녀들과 밭에서 마늘을 캐는 사람들, 마당에서 해초를 말리는 풍경 등 사람 냄새 가득하다.

김영갑갤러리 두모악에서 열린
멋진 음악회

성산항에 도착해 서둘러 김영갑갤러리 두모악으로 갔다. 김영갑갤러리 두모악에서 그를 추모하는 음악회가 열렸기 때문이다. 갤러리 주변이 차들로 꽉 찼다. 이곳에서 이렇게 많은 차들을 본 것은 처음이다.

갤러리 안 잔디마당에도 사람들이 가득 찼다. 의자에 앉아 있는 사람들도 있고, 잔디에 누워 있는 사람도 있고, 돌담에 그냥 걸터앉아 있는 사람도 있고. 참 자유롭고 편안한 분위기.

5시에 시작된 공연이 한창 진행 중이었다. 제주도립 교향악단과 제주시인 이생진 선생의 시 낭송, 가수 이문석, 김진권 그리고 작사가 양인자 선생 등이 출연해서 김영갑을 노래하고, 제주를 노래했다. 양인자 선생이 노랫말을 짓고 김희갑 선생이 작곡한 '김영갑 씨' 라는 노래가 김진권 씨의 노래로 처음 불려졌다.

이생진 선생은 최근 김영갑의 사진과 자신의 시를 담은 시화집 《숲 속의 사랑》을 펴냈다. 김영갑 생전인 10년 전 자비로 출판돼 1쇄를 찍고 멈춘 책. 이생진 선생은 이렇게 쓰고 있다.

> 시는 무엇이며 사진은 무엇인가
> 나는 시로 사진을 찍지 못했지만
> 그대는 사진으로 시를 찍고 있었던 거야.
> 그런 생각을 하며 오늘도 오름에 올라가
> 그대의 발자취를 읽고 있네.

김영갑 갤러리 두모악 정원의 토우들. 김숙자 씨의 작품이다.

인사를 하는 작사가 양인자 선생,
이날 양인자 작사, 김희갑 작곡 '김영갑 씨'가 김진권 노래로 처음 불려졌다.

음악회가 끝난 후 연주자와 관객 모두 손을 잡고 노래를 불렀다.
많은 사람이 행복한 날이었다.

제주의 사진작가 김영갑을 추모하는 음악회는 해마다 열리고 있다. 그가 눈부신 제주 사진들을 남기고 세상을 떠난 것은 2005년 5월 29일. 바로 음악회가 열린 날이다.

김영갑 선생이 루게릭병을 진단 받고 투병중일 때 인터뷰 요청을 한 일이 있었다. 그러나 그때 이미 선생의 병은 이미 악화될 대로 악화된 상태였기 때문에 인터뷰가 불가능했다. 선생은 인터뷰를 거절한 것이 걸리셨는지 당신의 사진집을 보내왔다.

인터뷰이가 인터뷰를 거절하면 보통 몇 번씩 찾아가 어떻게 해서든 인터뷰를 해내는 것, 그것이 기자라고 배웠다. 그리고 그렇게 해왔다. 그러나 김영갑 선생의 경우는 달랐다. 속된 말로 '달라붙는다'고 성사될 인터뷰가 아니었기 때문이다. 다행히 그 즈음에는 내가 편집장을 맡고 있었기 때문에 상사로부터 혼날 일은 없었지만, 아쉬운 건 내 자신이었다. 그의 사진과 그의 책 《그 섬에 내가 있었네》를 보고 꼭 그를 만나고 싶었으니까.

2005년 5월 29일, 나는 아이와 함께 제주에 가 있었다. 그날 아침 눈을 뜬 곳은 함께 기자 생활을 하다 제주에 내려가 펜션지기가 된 친구네 펜션. 아침나절 서울에 있는 남편에게서 전화가 왔다, 김영갑 선생 부고가 났다고.

나는 그 길로 바로 차를 몰고 김영갑갤러리 두모악으로 내달렸다. 이른 시각이라 제주에 사는 몇 사람뿐이었다. 물론 나와는 일면식도 없는 사람들이었다. 그때 아는 얼굴이 눈에 띄었다. 지리산 시인 이원규 씨였다. 소식을 듣고 새벽 비행기를 타고 왔다고 했다.

음악회는 모든 사람들이 손을 붙잡고 커다랗게 원을 그리고 노래를 부르면서 마무리됐다. 음악회가 끝난 후에는 삼달리부녀회에서 준비한 떡과 보쌈, 김밥, 김치, 과일 등이 푸짐하게 차려졌다. 더할 나위 없이 멋진 파티. 사람들은 나무 밑에 앉고, 돌담에 걸터앉아 끼리끼리 음식을 나눴다. 혹시 음식이 부족할까 싶어 처음에는 손을 대지 않고 있었는데, 음식은 떨어진 듯하면 다시 나와 부족함이 없었다.

낯선 이들의 손을 붙잡고 다함께 노래를 부르는 자리, 낯선 이들과 눈으로 웃으며 음식을 나누는 자리. 김영갑이라는 사람 덕분에 많은 사람들이 참 행복한 자리였다.

나는 아이와 함께 전시실로 들어가 한참동안 사진들을 둘러봤다. 사진마다 그의 눈빛이 담겨 있는 듯했다. 갤러리 밖 감귤창고를 개조해서 만든 갤러리에서 또 하나의 전시가 열리고 있었다. '바다'. 그런데 그 바다들, 참 쓸쓸한 바람이 불고 있었다. 모두 김영갑갤러리 두모악지기 박훈일 씨의 사진들이다.

박훈일 씨와 김영갑 선생의 인연은 20년도 훨씬 전이다. 박훈일 씨가 아직 소년이었을 때 청년 김영갑이 흘러들어와 그의 집에 세를 살았다. 소년은 그를 삼촌이라 불렀고, 고등학생이 된 어느 날부터는 삼촌을 따라 사진을 찍었다. 그 삼촌이 세상을 떠난 후 지금까지 그는 삼촌이 멈춘 폐교의 갤러리 작업을 완성시키면서 두모악을 지키고 있다. 그가 있어서 참 다행이라는 생각이 들었다.

온몸에 소름이 돋았다. 하루에도 몇 차례 비와 눈, 햇빛이 넘나드는 2월 제주도의 변덕스런 날씨 탓이 아니었다. 성산읍 가까이에 있는 그의 갤러리 두모악에 들어설 때부터 내 몸에는 이미 소름이 돋았다. 구멍이 숭숭 뚫린 제주도의 돌들이, 그리고 제각각 표정을 짓고 앉은 토우들과 잎 떨어진 나무들이 황량한 2월 마당을 가득 채워 놓고 있는 것을 바라본 순간, 나는 숨이 막혔다. 교실을 개조해 만든 전시실에 들어가 벽에 걸려진 사진을 바라보다 어느새 컥, 가슴 깊은 곳에서 울음이 터져 나왔다. 그곳에는 제주도, 그곳의 모든 것이 우주를 이루고 있었다. 오름, 사람, 바람, 돌, 풀, 꽃의 끊임없는 풍경, 풍경들. 해가 떠오를 때부터 그 해가 다시 떠오를 때까지의 모든 제주가 드넓게 펼쳐져 있는 김영갑의 사진. 두모악 갤러리에서 만나는 것은 제주가 아니라 우주이다. 사진작가 김영갑은 지난 20년 간 제주도에 머물며 제주도 사진을 찍었다. 그동안 서울 프레스센터 등에서 10여 차례 전시회를 가짐으로써 적잖은 사람들에게 사진예술의 극치를 보여 주기도 했다. 그런데, 그는 벌써 5년 동안 투병 중이다. '진정한 자유인이 되고 싶어 홀로 걸은 길'에서 그는 문득 벼랑을 만나고 만 것이다. 3년 전 병원에서는 루게릭 병이라는 진단을 내리고 그에게 3년을 넘기기 힘들 거라고 선고했다. 그러나, 그럼에도 그는 3년을 넘기고 5년째 모든 치료를 거부한 채 제주도의 자연에 자신을 맡기고 병든 몸으로 손수 일군 두모악갤러리를 지키고 있다. 《그 섬에 내가 있었네》에는 온종일 제주 들녘을 헤매고 다니면서 남의 밭에서 무나 고구마를 슬쩍 파먹으며 찍었던 제주도의 사진과 그의 이야기가 고스란히 담겨 있다. 두모악갤러리까지 가지 못하는 분들은 책에서나마 그가 '손바닥만한 창으로 내다본 기적처럼 신비롭고 경이로운 세상'을 만나보길. 그리고 두모악갤러리를 다녀오신 분들은 김영갑의 고집스런 외길인생 고백을 들어보길. 그러나 한 가지, 그의 사진을 보고 이게 제주도 어디일까, 묻지 말기를 바란다. 그가 사진을 찍은 것은 제주이지만, 그가 보여 주는 사진은 제주가 아닌 우주이므로.

- 2005년 두모악갤러리를 다녀온 후의 메모

민박집에서 만난
새 친구에게 구두를 선물받다

민박집에 새 손님이 들어왔다. 충북 제천에서 병원을 한다는 의사선생님과 미국에서 수학교수님으로 있다는 그의 시누이. 두 달여간 일을 보고 한번도 가보지 못한 제주도 여행을 하고 싶다는 시누이 말을 듣고 바쁜 의사 올케가 따라나선 것이다.

대학을 졸업하고 미국으로 유학, 그곳에서 프랑스인 남편을 만나 결혼했다는 수학교수님은 제주도 여행을 마치면 곧바로 미국으로 갈 예정이라고 했다. 짐정리를 하는지 그녀가 신던 신발을 민박집 아주머니에게 주려 했다. 그러나 발 치수가 맞지 않았다.

"내가 한번 신어 볼까?"

어차피 누군가에게 줄 거라면 맞는 사람이 임자. 내가 신어 보니 꼭 맞았다. 기뻐하는 건 나보다 오히려 그쪽이다.

나이도 비슷하고 우리는 금세 친해졌다. 그녀는 노트북을 꺼내와 미국에 있는 아이들과 남편 사진을 보여줬다. 금발의 예쁜 딸아이는 재영이와 똑같이 열세 살이었다. 아빠 나라 프랑스말을 배우다 이젠 엄마 나라 한국말을 배우겠다는 아이란다.

그녀는 피곤하다며 일찍 방으로 들어가고, 나와 의사선생님은 시간 가는 줄 모르고 수다를 떨고, 재영이는 아주머니가 틀어놓은 텔레비전 앞을 떠나지 않는다. 아주머니가 가장 좋아하는 텔레비전 프로그램은 '1박2일'. 강호동

의 열렬한 팬이기도 하다. 그런데 어떻게 된 채널인지 '1박2일' 만 계속한다. 참 신기한 채널이다, 라고 생각하면서 나도 좀처럼 일어나지 못한다. 의사선 생님과의 수다에 빠져들었기 때문이다. 의사지만 문화전반에 관심과 지식이 많은 데다, 독서량도 만만찮은 그녀와의 대화는 아주 오래된 친구를 만난 느 낌이었다. 혹시 전생에 내가 알던 사람?

어느새 밤 12시가 넘었고, 아이도 잠들어 있었다.

아주머니 노랫소리가 잠결에 들렸다. 역시 제주올레 아침이다.
잘 차려진 아침밥상. 배불리 먹고 주먹밥 싸들고 다시 해비치리조트행.
아이 얼굴이 발갛다. 어제 종일 걸어 탄 것이다.

오름에서 소리치는
예의없는 어른들

아침 9시. 해비치 올레 셔틀버스를 타고 올레 1코스 시작점인 시흥초등학교
로 출발한다. 그런데 성산을 지나 한참 간다. 무려 자동차로 1시간 거리!
1코스 시작점인 시흥초등학교 앞에 내리자 올레 안내소도 있고, 올레꾼들이
꽤 여럿 눈에 띄었다. 그러고 보니 일요일 아침. 제주도 사투리로 잘 알아듣
지 못하는 말들을 하는 사람들도 있는 걸 보니 제주도 사람들도 있는 듯하다.
그제야 안다. 제주도 사람들도 올레길을 걷는구나.
올레의 첫 시작 1코스는 시흥초등학교 앞에서 출발, 말미오름과 알오름 두
개의 오름을 지나고 종달리 소금밭과 종달리 해수욕장을 거쳐 성산갑문을
거쳐 2코스 출발점인 광치기 해변까지 이어지는 15km에 이르는 길이다. 총
소요 시간은 4~5시간.

말미오름을 오르는 사람들.
멀리 제주의 들판과 알오름, 우두봉이 보인다.

오름 모양이 말머리를 닮았다 하여 말미오름이란 이름을 가진 말미오름과 턱 마주하자 가슴이 벅차올랐다. 기가 막히게 아름다운 오름의 자태. 그 위로 사람들이 오르고 있었다.

오름에 오르자 성산포 일대의 들판이 그대로 한눈에 들어왔다. 성산일출봉과 그 왼쪽으로 길게 누워 있는 우도도 보였다. 이제 막 씨를 뿌린 밭, 푸릇푸릇 싱싱한 밭, 그리고 보리를 추수하는 밭 모양들이 마치 그림 같다. 그러고 보니 (사)제주올레에서 만든 손수건이 바로 저런 모양이다. 제주의 들판을 이미지화한 손수건. 바로 내 목에 둘러진 손수건이다.

말미오름에서 바람을 맞으며 아래 풍경을 넋놓고 바라보고 있는데 누군가 소리를 질렀다.

아이에게 제주의 바람은 어떤 느낌일까. 아이는 제주의 바람을 담은 풍경사진을 많이 찍었다.

"올레!"
그러자 또 한 사람이 따라서 소리를 질렀다.
"올레!"
아니, 여기가 무슨 산 정상이라도 되는 줄 아나? 저절로 얼굴이 찡그려졌다. 예전에는 산에 오르면 "야호!"하고 소리 지르는 사람들이 많았지만 요즘은 산에서도 소리를 지르지 않는다. 야생동물에게 피해를 주지 않기 위해서다. 그런데 하물며 이 야트막한 오름에서 소리를 지르다니!
뿐만 아니다. 일행들이 다 올라오지 않았는지 어서 오라고 큰 소리로 사람을 불러대고, 큰 소리로 웃어대고 심지어 그 자리에 술자리를 폈다. 아직 출발점에서 걸어온 지 1시간도 안 됐는데……
그런데 이 날은 공교롭게도 이런 아저씨 아주머니들이 많았다. 아마도 일요일이라 단체로 온 사람들이 많아서 그런 모양이다.
성산일출봉을 바라보며 해안도로를 따라 걷다 또 그에 못지 않은 일행들을 만났다. 그들은 앞서거니 뒤서거니 20여 명이 길게 걸으면서 내내 앞뒤 사람들끼리 뭐라뭐라 큰소리로 말들을 하며 지나갔다. 아저씨 하나가 우리가 쉬고 있던 구멍가게로 들어서더니 올레빵을 스무 개 사서는 일행들에게 나눠주면서 호기롭게 외쳤다.
"올레를 걸을 때는 올레빵을 하나씩 먹어주는 거야!"
길이 시끌시끌하도록 떠들면서 걷는 사람들. 아이와 나는 그들의 목소리가 들리지 않을 때까지 앉아 있다 가기로 했다.
"대체 왜 저렇게 시끄럽게 다니는 거예요?"
"너도 친구들하고 만나면 저렇게 다니잖아."
"전 절대 안 그렇거든요."
어른인 것이 문득 부끄럽다.

비 많은 제주에서
한 번도 비를 안 맞고, 올레!

'시흥해녀의집'을 지나 성산읍내 못 미쳐 우리는 버스정거장 앞에 쭈그리고 앉았다. 날은 덥고 성산일출봉 아래를 보니 오르는 사람도 많다. 이 뜨거운 햇빛을 받으면서 올라갈 생각을 하니 아찔하다. 발갛게 달아오른 얼굴로 아이가 말했다.

"산 길 없어요?"

"여긴 없다!"

한여름에는 정말 올레길 걸을 게 아니다. 제아무리 좋은 길이라고 해도 땡볕에 몇 시간만 걸으면 탈진하고 말 테니. 그런데 제주도 날씨는 워낙 변덕스런 날씨라 한쪽에서는 비가 쏟아져도 한쪽에서는 햇빛이 쨍쨍하고, 그러다 또 갑자기 구름이 끼곤 하니 그 맛에 걷는 것도 괜찮다. 아니면 중간중간 해수욕을 즐겨도 좋고.

언젠가 한번은 아침 햇빛을 보고 한라산을 올라갔는데 중턱쯤부터는 구름이 끼더니만 내려올 때는 비가 쏟아졌다. 온 식구가 비를 쫄딱 맞고는 내려와 서귀포로 가니 어느새 쨍쨍한 햇볕에 옷이 다 말라 있었다. 이처럼 변덕스런 제주도 날씨에도 불구하고 아이와 올레길을 걷는 동안은 한 번도 비가 오지 않았다. 행운이다.

올레길을 찾으려면
일단 해안으로

버스를 타고 꾸벅꾸벅 얼마를 졸았나, 맨 뒷자리에 앉아 있다 차가 선 틈을
타 운전기사 아저씨 앞으로 뛰어가 말했다.

"저, 가마리 가려고 하는데요."

"다음에서 내리세요."

조금 더 졸았으면 큰일날 뻔했다. 그러나 또 따지고 보면 어떤가. 어차피 걸
을 거, 걸어가면 그만이지.

도로에 내리고 보니 여전히 햇볕은 뜨겁다.

올레길은 대부분 해변을 끼고 있다. 하긴 올레길이 아님 어때? 그냥 걷는 거
지. 조금 걷다 보니 나름 호기도 생긴다. 나는 애를 데리고 도로를 건넜다.

"올레 표시도 없는데 그냥 건너도 돼요?"

아이는 엄마가 영 못 미더운 모양이다.

"일단 따라와 봐."

건너고 보니 가마초등학교 앞이다. 초등학교 운동장에 초록 잔디가 가득 깔
려 있다.

"우와, 여긴 진짜 부자학교인 모양이다!"

학교에 들어가 잔디밭에서 한바탕 놀고 싶어하는 기색이 역력한 아이는 그러나 운동장 가운데서 풀 뽑는 아주머니들을 보더니 가던 길을 계속 가잔다. 초록 잔디 운동장을 보니 나도 부럽다. 저런 곳에서 아이들이 뛰어논다면 얼마나 좋을까.

"앗, 이건 이 근처에 분명 슈퍼마켓이 있다는 증거!"

아이스크림을 먹고 싶은 아이는 학교 담길에 버려진 아이스크림 봉지와 과자 봉지를 보고 희망찬 목소리로 말했다. 그러나 우리가 바닷길에 이르는 동안 슈퍼마켓은 보이지 않았다. 대신 아이에게 아이스크림을 잊게 할 표시가 나타났다. 바로 올레 화살표!

"앗, 올레다!"

아이가 나를 한 번 쓱 본다. 과연 올레길을 찾아낼까 보내던 의심의 눈초리는 어느새 사라지고 대신 존경의 눈빛이다.

"엄마, 믿을 만하지?"

나는 턱을 쭉 내밀고 앞으로 나간다.

아, 이 뿌듯함! 근데 올레 표시가 안 나왔음 어쩔 뻔했어?

일일이 옮기고, 다듬고, 쌓은
멋진 자갈길

올레 4코스는 표선 해수욕장에서부터 출발한다. 해안도로를 따라 가는개길
(해병대길), 샤인빌리조트, 토산바다산책로, 망오름, 영천사를 거쳐 다시 바
닷가로 내려와 태흥리 해안길을 거쳐 남원포구에 이른다.

시원한 바람을 맞으며 해안길을 따라 얼마 가지 않아 마을을 지나 바로 해안
가 자갈길로 이어졌다. 여기에 들어서자 아이는 신났다. 1코스 때처럼 시끄
럽게 몰려다니는 사람은 커녕 걷는 사람이 아무도 없는 데다, 울퉁불퉁 자갈
길이니 재미있게 걸을 수 있기 때문이다. 자갈과 바위뿐이었을 해안을 누군
가 일일이 손으로 옮겨 길을 만든 흔적이 역력하다. 고르게 길만 만들었을 뿐
만 아니라 거기에 얕은 담도 쌓았다. 참 고마운 손길.

아이는 돌담에 돌을 얹고, 물수제비를 뜨면서 한참을 머물렀다. 시멘트 도로
에서는 뜨거운 햇빛에 지친 아이가 똑같은 햇빛 아래에서 얼굴빛이 다르다.
바로 자연의 힘이다.

길을 걸으면서 아이가 무엇인가를 크게 배우기를 바라는 마음을 갖지 않았
다면 거짓말이다. 아이가 무엇을 생각하고 무엇을 배웠는지 물론 나는 알지
못한다. 그러나 앞으로의 인생을 살아갈 때 아이는 이 길들을 떠올리며 삶의
곳곳에서 만나는 힘듦과 지침 앞에서 의연해지리라 믿는다.

팍팍한 아스팔트길도 걷는 것이 인생이라는 것을, 그러다 이런 멋진 길도 만
나 한바탕 즐겁게 놀 수 있는 것 또한 인생이라는 것을.

누구의 손길일까. 자갈뿐이었을 해안이 멋진 길이 되었다.
우리도 저 위에 돌담에 몇 개를 얹었다.

"엄마, 올라오지 말고
거기 그대로 계세요!"

자갈길이 끝나는 지점에 바로 숲이 이어지고 있었다. 먼저 그 길로 올라간 아이가 다시 내려와서는 사진을 찍고 야단법석을 떨었다.
"엄마, 올라오지 말고 거기 그대로 계세요!"
아이는 흥분을 가라앉히지 못했다.
"엄마, 여기, 바로 이 바위로 올라가면 아주 멋진 길이 나와요. 근데 어떻게 이런 길이 있지?"
정말 그랬다. 바닷길에서 그 길은 보이지 않았다. 숲속에 자그마한 구멍이 있고 나뭇가지 한쪽에 올레 리본이 펄럭였다. 그 속으로 들어가 바위를 밟고 올라서니 예쁘게 잘 정돈된 산책길이 나왔다. 바로 샤인빌리조트 산책길이었다. 리조트 산책길과 바닷길을 연결하는 작은 바윗길이 숲에 가려져 보이지 않았던 것이 걷는 우리들에겐 마치 비밀의 숲에 들어가는 것 같은 놀라움을 선사하는 것이다. 그래서 올레길은 올레!

멀리서 보면 길이 없다. 펄럭이는 올레 표시가 아니었으면 그냥 돌아갈 뻔한 길.
비밀의 숲에 들어서자 예쁜 길이 펼쳐졌다.

토산리 해안길로 나와 올레 표시를 따라 걷다 보니 큰길을 건너야 한다. 망오름으로 오르는 길이다. 사실 내가 가마리에 내린 이유는 '춘자싸롱'을 가기 위해서였다. 춘자싸롱은 올레꾼들에게 소문난 국수집. 제주도는 국수가 유명한 곳이라 웬만한 집들이 다 맛있는데 유독 춘자싸롱의 국수맛은 더 유명한 터였다. 그리고 이름이 얼마나 멋진가, 춘자싸롱!

그런데 이 근처에 있다는 춘자싸롱은 도무지 찾아볼 수 없었다. 어쩔까 고민하다 하는 수 없이 민박집 아주머니에게 전화한다.

"저, 춘자싸롱 가려면 어떻게 가야죠?"

그랬더니 친절한 아주머니, 지금 있는 거기에서 꼼짝 말고 있으란다. 아저씨가 데려다줄 테니.

"아니, 아녜요. 그냥 어딘지만 알려주심……."

경상도 사투리 그 특유의 빠른 말은 어느새 내 말을 삼키고 만다. 나는 꼼짝없이 그 자리에 앉아 아저씨를 기다린다. 아저씨는 또 얼마나 아줌마에게 구시렁거리실까. 미안하기도 하고 재미있기도 했다.

아이는 그곳에서도 역시나 가만 있지 못한다. 나는 아저씨가 언제 나타날지 몰라 길가에 쭈그리고 앉았는데 아이는 마침 앞에 있는 작은 공원 쉼터에 들어가 나무를 탄다.

'쟤는 덥지도 않나?'

춘자싸롱,
그 매혹적인 국수집은 못 갔지만

드디어 아저씨가 차를 갖고 나타났다. 그런데 아저씨 왈, 춘자싸롱보다 더 맛
있는 집이 있단다. 당신이 국수를 정말 좋아하는데 확실히 춘자싸롱보다 맛
있다는 것. 아, 어쩌나. 솔직히 나는 국수 맛집보다 춘자싸롱이 가고 싶은 것
인데. 하지만 나는 이내 생각을 바꾼다. 그래, 훨씬 맛있다는데 가 보지 뭐.
우리가 간 곳은 표선시내에 있는 '국수마당'. 제주도 사람들이 즐겨먹는 돼지
고기 수육이 얹혀진 고기국수와 멸치국수, 그리고 콩국수가 메뉴의 전부다.
"난 국수 안 먹는데?"
그제야 아이가 국수를 안 먹는다는 것을 생각한다. 미안하지만 어쩌랴. 약간
의 국수와 국물, 그리고 먹다 남은 주먹밥을 아이에게 주고 아저씨와 나는 멸
치국수를 후루룩 후루룩 먹는다. 아, 맛있다! 깍두기도 맛있고. 그러다 생각
한다. 춘자싸롱의 국수맛은 어떨까.
춘자싸롱의 국수가 정말 그렇게 맛있을까? 맛을 모두 똑같이 느끼는 것이 아
니어서 맛있다는 사람도 있는 반면, 그냥 그렇다라는 사람도 있다. 그러다 문
득 생각한다. 내가 춘자싸롱을 가고 싶어하는 것은 춘자싸롱 국수맛보다 춘
자싸롱의 분위기가 아닐까. 그 매혹적인 이름에서 오는, 그 맛!
어쩌면 나는 이러다 끝내 그곳을 가지 않을지도 모른다는 생각을 해보기도
한다. 그냥 내 마음 속에 춘자싸롱을 담아두고 싶어서. 국수마당 국수가 맛있
어서 참 다행이었다.

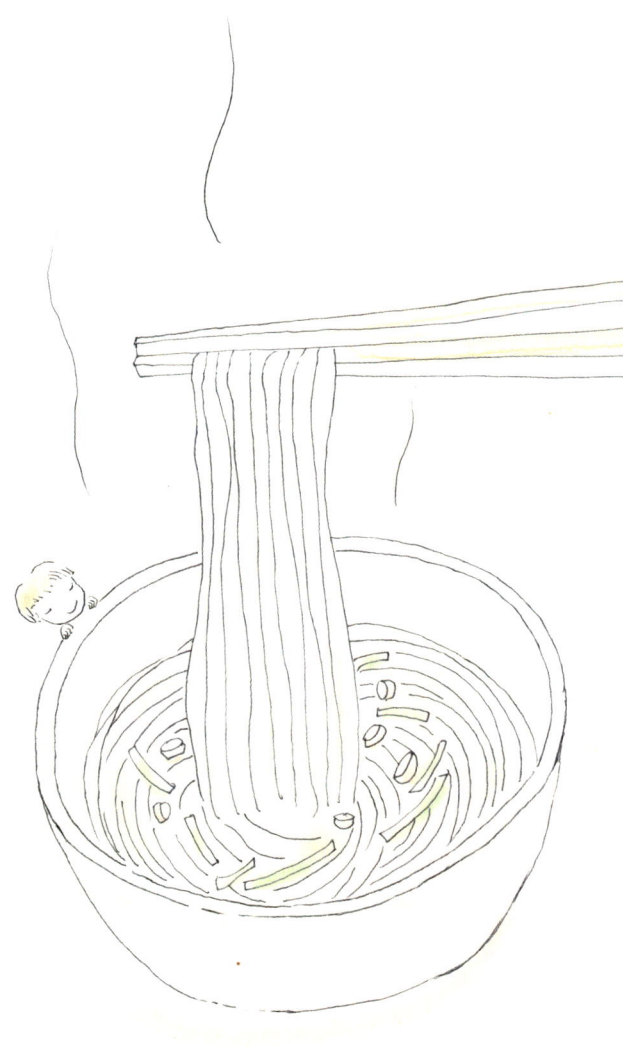

걸기 대신 등마, 아이는 신났다

날이 더워서 그런지 걷는 게 정말 힘들다. 올레길을 하루 9시간씩도 걷고, 지리산도 종주한 녀석이 그만 하소연하듯 말한다.

"엄마, 이제 뭔가 체험하러 가면 어떨까요? 첫 번째 말을 타러 간다, 두 번째 ATV를 탄다, 세 번째 박물관을 간다. 제발요, 네?"

"날도 더운데 그래 걸어 다니면 공연히 애 병나요."

아저씨가 한마디 거든다.

"그래, 말 타러 가자!"

"우와, 감사합니다!"

아이의 환호가 작은 국수마당을 들썩이게 한다. 좋을 때와 싫을 때가 분명한 성격. 좋으면 저리 기뻐하고, 싫으면 분명히 싫다는 이유를 말하는 아이. 나도 그런 편이라서 그런지 그런 내 아들이 참 좋다. 나도 고슴도치 엄마다.

신나게 말 타고, 내려오는 길에는 성읍민속마을에 들러 이 집 저 집 들어가 구경하고 길가에서 주운 대막대기로 장난도 치다 보니 어느새 저녁이 되었다. 성읍민속마을에서 버스를 기다리며 한참을 있다 보니 새삼 시내버스를 타고 여행하는 기분이 웬지 근사했다.

갑자기 말을 타게 돼 신난 아이.
똑같은 땡볕인데도 덥다는 말, 힘들다는 말은 한번도 하지 않았다.

세상에서 가장 맛있는 삼겹살

그동안 혼자 걸은 것과 아이와 걸은 것을 대충 합해 보니 1코스부터 7코스까지는 거의 다 걷고 8코스와 9코스 일부를 걸었다. 올레 코스는 계속해서 만들어지고 있고, 또 첫 코스부터 완주할 생각이 아니었기 때문에 들쭉날쭉 다니고 있는 중이다.

3일째 되는 날, 중문단지를 지나는 8코스를 걸을 생각으로 세화의집을 떠날 예정이었다. 세화의집이 있는 표선에서 중문까지는 차로 한 시간을 꼬박 가야 하는 거리. 그래서 8코스에 있는 민박집 전화번호도 한 군데 알아놓았다. 그러나 발길이 떨어지지 않았다. 마치 친정엄마네라도 온 것 같다. 올레가 중독이듯, 내겐 세화의집도 중독이다. 아이도 마찬가지.

"그냥 여기서 자고 내일 가요."

아이가 조르듯 말하자 아주머니가 한마디 툭 던진다.

"특별히 잘 데가 정해진 것이 아니면 그냥 여기서 하룻밤 더 자라. 내일 아침에 아저씨한테 태워다주라 그럴게. 그냥 보내기가 싫네."

사람 사는 동네는 이래서 좋다. 나는 챙겼던 배낭을 재빨리 푼다.

세화의집에 저녁은 꼭 먹고 들어와야 한다는 룰은 이번에도 깨졌다. 올레사무국장 안은주와 만나 저녁을 먹기로 했다는 말을 들은 아주머니가 '특별히 먹을 것을 정해놓은 게 아니라면 집에서 먹으면 어떻겠냐'라고 하셨기 때문. 물론 둘이 만나 '특별한' 음식을 먹을 것이 아니었으므로 처음 제안을 받고는 속으로 쾌재를 불렀다. 얼마나 맛있는 것을 해주실 것인가. 그렇지만 번거롭게 해드린다는 생각에 머뭇머뭇 대답을 못했다. 아주머니는 그런 내 모습이 마치 먹기 싫어하는 것처럼 보였는지 조심스럽게 말씀하셨다.

"아니, 꼭 갈 데가 있으면 거기로 가고. 갈 데를 정하지 않았으면 오라는 거지."

길에서 주운 대막대기로 젓가락 흉내를 내면서 사진을 찍는 아이.
아이에겐 모든 게 놀이다.

이쯤 되면 대답을 해야 한다.

"네, 알겠습니다!"

아주머니의 표정이 환해졌다.

"재영이 고기 좋아하니까 맛있는 삼겹살 사 놓을게. 고기 구워 먹자."

엄마 같다. 어머니들은 자식이 찾아가면 뭐든 해주고 싶어한다. 그런데 자식은 사는 게 바쁘다는 이유로 자주 찾아가지 않는다.

은주가 몸이 안 좋아 갑자기 못 오게 되자 졸지에 우리들만의 삼겹살 파티가 벌어졌다. 맛있는 제주도 돼지고기 중에서도 정말 맛있는 걸 사 놓으신 덕분에 재영이는 얼굴이 벌개지도록 불판에서 떠나지 않고 고기를 집어먹었다. 세상에서 가장 맛있는 삼겹살이라면서. 하긴 제주도 돼지고기 맛은 워낙 유명하지 않은가.

그런데 열심히 먹다 보니 아저씨는 고기 몇 점을 드시더니 미더덕을 넣고 끓인 맛있는 된장찌개만 드셨다. 아무리 찌개가 맛있어도 그렇지, 왜 고기를 안 드시지 싶었는데 아저씨는 고기를 별로 좋아하지 않으신단다. 아주머니는 아예 젓가락도 들지 않고 우리 먹는 것만 구경한다. 결국 삼겹살을 좋아하는 우리 아이에 대한 아주머니의 깊은 배려였던 것이다.

사람들이 살고 있는 집에 들어가 구경할 수 있는 성읍민속마을. 제주똥돼지도 볼 뻔했는데
구제역 때문에 어디론가 실려 가서 볼 수 없었다. 이곳에서는 민박도 가능하다.

이제 다시 마지막 날

아침 6시에 일어나 아침을 먹고 7시에 아저씨 차를 탔다. 옆방의 의사선생님
과 수학교수님이 한라산 등반을 하는데 아저씨가 성판악 입구까지 시간을
맞춰 데려다줘야 했기 때문이다. 물론 늦게 따로 나가도 됐지만 마지막 날이
니 일찍 움직이자는 생각에서 함께 출발했다.

성판악 입구까지 가는 데 1시간쯤 걸렸다. 이틀 밤을 같은 집에 묵었다는 인
연으로 친해진 우리는 가는 차 안에서도 계속 수다를 떨었다. 서로 전화번호
와 이메일 주소를 주고받고.

성판악 입구에 내려선 순간, 나는 문득 저들을 따라 한라산에 올라가고 싶다
는 생각이 들었다.

그러나 오늘은 서울에 올라가야 하는 날. 거기서 우리는 다시 버스를 타고 서
귀포로 내려와 중문행 버스로 갈아탔다. 버스를 타고 아이와 나는 정신없이
졸았다. 새벽같이 일어나 하루 종일 걷고 또 걷는 여행. 사실 이렇게 조는 게
정상이긴 하다.

"중문 가려면 어디서 내려요?"

"여기서 빨리 내려요!"

졸다 깬 나는 맨 뒷자리에 앉아 쿨쿨 잠이 든 아이를 서둘러 깨워 내린다. 내리고 보니 어딘지 통 감이 잡히지 않는다. 바로 앞에 농협이 보였다. 시원한 거라도 먹고 정신을 차려야지. 아이와 나는 농협 마트로 들어갔다. 직원들이 청소를 하고 있었다. 시계를 보니 9시가 조금 넘었다.

"저, 지금 뭐 안 파나요?"

"팔 수는 있어요."

9시에 문을 여는 모양인데 '팔 수는 있다' 니. 점원의 말투가 거슬렸지만 아이는 아이스크림을, 나는 생수를 하나 산다.

농협 앞에 앉아 올레지도를 쫙 펴고 어디로 갈까 생각한다. 오늘은 12시까지만 걸을 계획. 점심을 먹고 바로 공항으로 나가야 한다. 일단 컨벤션센터로 가서 주상절리를 보고 중문관광단지 방향으로 걷기로 한다.

최고의 예술작품,
주상절리

아침 햇살이 뜨거워 선글라스를 꺼내려고 보니 가방에 없다! 분명 가방 앞에 넣어뒀는데.

"너 혹시 엄마 선글라스 못 봤어?"

"어? 아까 내가 초콜릿 꺼낼 때 있었는데……."

아이가 버스 안에서 초콜릿을 꺼내다 떨어뜨린 모양이다.

"또 잃어버렸네."

엄마도 덜렁대고 아이도 덜렁대고. 우리는 잘 잃어버린다. 지난번에 와서는 첫날 내가 모자를 잃어버리고, 마지막날 아이가 모자를 잃어버렸다. 내가 먼저 잃어버리니 아이에게 뭐라 할 말이 없다.

컨벤션센터까지 가는 길에는 관광객이 하나도 없다. 차도 그리 많이 다니지 않는다. 그러고 보니 월요일. 학교와 일터로 나가야 하는 시각에 외국도 아닌 국내를 여행하는 기분, 좋다!

컨벤션센터 뒤로 주상절리대 쪽으로 가자 올레 표시가 있다.

"어, 올레?"

아이가 깜짝 놀라며 반가워한다. 올레 표시는 볼 때마다 반갑다. 비로소 올레꾼들이 눈에 띈다. 주상절리대 앞에는 아침인데도 사진을 찍느라 줄을 서 있다. 근처에 머무는 관광객들인 모양이다.

사진 찍는 사람들 옆에 서서 주상절리대를 오랫동안 쳐다봤다. 흘러내린 용

.암이 바닷물과 만나 육각형 모양으로 쭉쭉 멈춰버렸다고 하는 주상절리대. 인간이 만든 그 어떤 예술작품도 자연만 못하다는 것을 절감한다. 아이 역시 오랫동안 주상절리대 앞을 떠나지 못했다.

"좀 비켜 주세요. 사진 좀 찍게."

우리는 그만 일어나 올레 코스를 따라 걸었다.

8코스 월평-대평 올레는 포구에서 시작돼 포구에서 끝나는 올레다. 총 17.6km, 시간은 대략 5~6시간 걸린다. 이 코스에서 가장 아름다운 코스는 야자나무군락지를 지나 굿당산책로에 이르는 길과 해병대길. 야자나무숲을 지나는 것은 제주올레가 아니고는 경험해 볼 수 없는 멋진 일이고, 토닥토닥 흙길 아래가 바로 깎아지른 절벽이어서 풍경이 정말 기가 막히다.

오늘의 목표 지점은 해병대길까지. 하얏트호텔을 지나 조른모살 해안 끝에 있는 길이다. (사)제주올레에서 펴낸 안내책자 중에서 가장 멋진 사진을 자랑하는 곳 중 하나가 바로 갯깍 해병대길. 사진을 보면 반질반질한 자갈돌들 사이로 푸릇푸릇 풀들이 돋아나 있는 아주 예쁜 길이다.

처음부터 이렇게 예쁜 길이었을까? 물론 아니다. 이곳은 원래 해녀들만 다니던 길로 울퉁불퉁한 바윗길이었는데 제주올레가 해병대의 힘을 빌어 만들었다고 한다. 제주올레, 정말 멋지다.

정교하게 겹겹이 쌓인 육각형의 돌기둥 주상절리대.
자연의 위대함을 느낄 수 있는 최고의 예술작품이다.

제주올레 코스는 시에스호텔에서 바로 중문 해수욕장으로 이어지지 않고 다시 위로 올라가 배릿내오름으로 이어졌다. 큰길가에서 바라보니 나무계단이 가파르고 길다. 한 중년 부부가 천천히 계단을 내려왔다.

"어, 근데 여기가 왜 3코스예요?"

그러고 보니 '중문올레 3코스'라고 되어 있다. 혹시 먼저 만들어진 올레길인가 싶어 알아 보니 관광단지인 중문 주변을 짧게는 20분, 길게는 1시간 코스로 만들었단다. (사)제주올레와는 무관하게 만들었지만 중문을 찾은 관광객들에게 좋은 산책코스를 만들어준 느낌이다.

그런데, 헷갈렸다. 우리가 지금까지 걸어온 올레길과 다른 올레라니. 올레란 단어는 골목, 골목길이라는 제주도 사투리로, 큰 길에서 집까지 이르는 돌로 쌓은 골목을 말한다. 하지만 '걷기 위한 길'인 '올레 코스'는 하나로 통일되어야 하는 게 아닌가 싶었다. 물론 걷는 데 어느 길을 걸으면 무슨 상관일까만서도.

배릿내오름을 한 바퀴 돌고 내려와서는 중문 해수욕장으로 향했다. 아이는 해수욕장에 들어서자마자 카메라를 집어던지고 모래사장으로 뛰어갔다. 아이는 모래를 파서 성을 만들고, 파도가 밀려와 쓸고 가면 다시 또 만들기를 오래오래 반복했다.

'아니, 좀 위에 올라와서 모래성을 쌓으면 파도에 안 쓸려갈 텐데 왜 저러고 있지?'

그러나 아이 나름의 이유가 있을 터. 옷이 젖든 말든 상관하지 않고 나는 나대로 책을 꺼내들고 해풍을 즐겼다. 어차피 이 뜨거운 햇빛 아래를 걷다 보면 다 마를 테니.

에필로그
epilogue

제주 올레,
결국 나를 위한 위로

"엄마보고 올레길만 걷지 말고 관광 좀 시켜달라고 해. 엄마가 돈 안 쓰려고
하루 종일 걷기만 하는 거야."
한 버스기사 아저씨가 아이에게 한 말이다. 그 말을 들으면서 나는 머리를 끄
덕였다. 그렇지, 이게 정말 돈이 안 드는 여행이지.

그동안 서울 살면서 제주도를 참 많이 다녀왔다. 일을 핑계한 관광도 많았다.
제주도를 한번 다녀오면 돈이 적잖이 깨졌다. 왕복 비행기 값과 렌트카 비용,
숙박비, 거기에 식대까지. 부담이 큰 게 사실이다.

그런데 올레길을 걷기 시작하면서부터는 그리 많은 비용을 들이지 않고도
아주 멋진 제주도 여행을 할 수 있게 됐다. 항공비도 저가항공사를 이용하게
되고, 렌트카 대신 버스(주로 공짜 셔틀버스)를 이용하고, 숙박도 민박을 했기
때문이다.

여기에 식대도 훨씬 적게 들어갔다. 일단 아침식사는 민박집에서 해결하고,
점심밥은 주먹밥으로 먹다 보니 저녁 한 끼 사 먹는 정도다. 이것 역시 횟집
이나 고깃집에 가서 푸지게 먹는 것이 아니라 올레길에 어울리게 소박하게
먹는다.

자, 그럼 비용 대비 효과면을 보자.

올레길을 걷는 것은 흔히 '제주의 속살'을 본다고 표현한다. 그렇다. 그 말 외에는 달리 표현할 말이 없다. 잘 꾸며진 관광지에 들어가 '구경'하는 것에는 한계가 있다. 해안길에서 마주친 해녀할머니들과 올레길가에서 사발면을 팔던 할머니, 밭에서 일하는 아주머니들은 관광코스에서 만날 수 없다.

관광지에서는 그곳만의 정보와 그것들을 체험하기 위해 지속적으로 정보를 받아들여야 한다. 생각할 시간이 별로 없다. 아이와 나도 그동안 그런 여행을 주로 해왔다. 제주도에 있는 다양한 박물관에 가서 구경하고, 그곳에 있는 것들을 만져 보고 직접 그려 보고.

물론 그런 체험도 매우 중요하다. 다만 그러한 것들과 더불어 아이 스스로 자신의 길을 생각할 수 있는 기회는 필요하다는 것이다. 우리가 올레를 걷는 동안 딱 한 번 말을 타는 것 외에는 다른 '체험'을 하지 않은 이유다.

오름을 오르고, 길을 걷는 동안 만나는 것은 '나의 길'이다. 아이는 아이만의 길을 만난다. 그 길을 함께 걸음으로써 우리가 공유하는 것은 추억이다. 이러한 것들은 물론 당장 나타나는 효과가 아니다.

이제 아이가 중학생이 되고, 고등학생이 되고, 어른이 될 텐데 그때 우리가 이렇게 오랫동안 함께 걸을 수 있을까 생각하면 이 '걷는 시간'이 너무나 소중했다.

올레길을 걷고 왔을 때 한 친구가 물었다.

"그냥 걷기만 해?"

"응. 그냥 걷기만 해."

"다른 건 안 하고?"

"응."

"왜?"

"…… 그냥. 좋아서. 끊임없이 제주 풍경이 펼쳐지는 게 얼마나 예쁜데."

"에이, 그래도 그렇지. 뭐하러 걸어. 애한테 공부도 안 되는데……. 요즘 재영이 수학은 어느 학원 보내?"

"……."

산과 제주도를 돌아다닌 직후 아이가 학교에서 시험을 봤다. 그동안도 특별히 공부하고 시험본 적은 없었지만 최악의 점수가 나왔다. 시험지를 받아들고 온 날, 집 앞 공원에 앉아 한참 이야기했다. 수업시간에 집중해서. 공부를 해야 하는 이유와, 왜 공부를 해야 하는지에 대해, 그리고 아이의 미래에 대해 이 사람 저 사람 예를 들어가면서 나름 이해하기 쉽게 설명했다.

"그런데 왜 자꾸 예를 들어 말씀하세요. 저도 다 알거든요. 저도 충격적이라고요."

그러더니 엉엉 울었다. 시험을 못 봤다고 내가 이렇게 이야기한 적도 없고, 아이 역시 운 적도 없다. 나는 우는 애를 달래 앞으로 잘하자, 하면서 집으로 들어갔다.

그런데 이튿날, 아이에게 공부 좀 하라 했더니 피아노 치고, 그림 그리고, 종이 접고 놀기 바빴다. 몇 번 주의를 줬지만 소용이 없었다. 마침내 제 아빠가 나서서 버럭 소리를 지르고 말았다. 이쯤 되면 나도 슬슬 화가 난다. 그렇게 놀고 왔으면 이제 마음 좀 잡고 자기 일에 집중해야 하는 게 아닌가.

요즘은 초등학교 고학년 성적이 곧 중고등학교 성적으로 이어진다고 한다. 수학 문제도 잘 풀고, 영어도 잘하고, 글도 잘 쓰고, 그림도 잘 그리고, 운동도 잘하고. 그 모든 걸 다 잘했으면 좋겠는 게 아마 모든 부모의 마음일 것이다. 나도 예외는 아니다. 그러나 아닌 걸 어쩌겠는가. 아이에게 배운 걸 왜 모르냐고 말하지만, 나는 배웠다고 다 알았나?

부모의 역할은 쉽지 않다. 무엇보다 평정심을 갖고 아이를 키우기란 정말 쉽지 않다. 오죽하면 걷기 위해 제주도까지 가서 아이를 다그쳤겠는가.

올레길을 걷고, 안양천을 걷고, 한강고수부지를 걷는 것은 어쩌면 나를 위한 것인지 모른다. 걷다 보면 슬그머니 화도 가라앉고, 그러고 보면 그 화의 원인도 별 게 아닌 걸 알게 된다. 결국 아이와 함께했지만 걷는 것은 나를 위한 위로인 것이다.

제주올레길은 나를 치유하게 하고, 내 안의 나를 꺼내 화해하게 했다.

고맙다, 제주올레!

18-1코스 추자도 올레

1코스
시흥 – 광치기 올레

부록

- 올레길, 알고 떠나자
- 아이와 가면 좋다, 제주도 Best of Best

제주올레가 처음 생긴 것은 2007년. 1코스 시흥−광치기 올레에서 출발한 올레길은 2010년 7월 현재 추자도 올레 18−1코스까지 개장됐다. 섬의 해안을 잇는 파란 선이 바로 제주 올레길.

올레길, 알고 떠나자

걷기 전, 미리 준비운동을

올레길을 좀 더 즐겁게 걷고 싶다면 올레에 가기 전 집 주변 등을 하루에 30분 정도씩 걷는 연습을 해 보자. 걷는 것을 연습까지 해야 하나, 라고 생각하기 쉽지만 평소 운동을 자주 하지 않는 사람이라면 장시간, 장거리를 걸어야 하는 올레길은 조금 무리가 될 수 있다. 그리고 30분 걷기로 자신이 사는 동네를 재발견하는 재미도 느낄 수 있다.

교통편을 미리 알아두자

제주도에 가는 방법은 배편과 항공편 두 가지. 각각 장단점이 있으므로 스케줄을 짤 때 고려한다.

배편

배는 인천, 목포, 부산 등에서 각각 출발한다. 하루 평균 3번씩 운행하며, 요금은 선실에 따라 각각 차이가 난다.

목포 씨월드고속훼리 http://www.seaferry.co.kr 문의 062-243-1927
부산 동양고속훼리 http://www.dyferry.com 문의 1688-7677
인천 청해진해운 http://www.cmcline.co.kr 문의 032-889-7800

항공편

요즘은 저가 항공사가 많이 생겨 저렴한 금액으로도 비행기를 이용할 수 있다. 김포 – 제주 노선의 경우 모든 항공사에서 매일 운항하며 비행기 스케줄이 평균 15분~30분 만에 있어 원하는 시간을 다양하게 선택할 수 있다.

각 항공사마다 요일별, 시간별로 요금이 각각 다르기 때문에 각 항공사 사이트에 들어가 비교해 보는 것이 좋다.

김포발 제주행 첫 비행기 : 대한항공 6:30, 마지막 비행기 : 대한항공 21:25

제주발 김포행 첫 비행기 : 대한항공 7:00, 마지막 비행기 : 아시아나항공 21:30

• 스케줄은 항공사의 사정에 따라 바뀔 수 있음.

대한항공 http://kr.koreanair.com

아시아나항공 http://www.flyasiana.com

제주항공 http://www.jejuair.net

진에어 http://www.jinair.com

이스타항공 http://www.eastarjet.com

부산항공 http://www.airbusan.com

숙박은 미리 예약하고 가자

제주도는 우리나라 최고의 관광지인 만큼 고급 호텔에서부터 개인 민박까지 다양한 숙박시설이 있다. 또한 그 설비가 대체적으로 훌륭하므로 본인의 취향과 가격에 맞춰 숙박시설을 정하고 예약을 하고 떠나도록 한다. 아이와 함께 올레길을 걸을 생각으로 제주도로 갈 경우에는 이왕이면 민박을 하길 권한다. 호텔이나 펜션에 묵는 것과 달리 제주도 사람들의 깊은 정을 만날 수 있기 때문이다.

며칠씩 묵으면서 여러 코스를 걸을 계획이 아니면 개인적으로 한 집에서 머무는 것이 편하다고 생각한다. 대부분의 민박집에서는 각 올레 코스 입구까지 데려다주거나, 셔틀버스를 이용할 수 있도록 데려다준다.

짐정리는 최대한 간단하게

교통과 숙소 예약을 마쳤다면 본격적으로 짐을 싸 보자.

첫째, 계속해서 걸어야 한다는 점을 생각하고 무엇보다 짐은 간편하게 싸자. 간편한 짐은 배낭여행의 기본.

둘째, 올레길을 걸을 때는 가볍게 멜 수 있는 배낭이 꼭 필요하다. 거기에 마실 물도 넣어야 하고, 간식거리, 비상금, 올레지도도 넣고 다녀야 하기 때문.

셋째, 올레길은 해변을 따라, 들을 따라, 숲을 따라 걷기 때문에 여름과 같이 더운 날씨에는 그늘이 없어 탈진되기 쉽다. 반드시 모자와 선크림, 선글라스를 준비하고 틈틈이 쉬면서 걷는다. 제주도는 바람이 많이 불기 때문에 바람에 쉽게 날아가는 플라스틱 챙모자보다는 천으로 된 모자가 좋으며 선글라스는 자외선 차단에 좋은 편광선글라스가 좋다.

넷째, 새 신발보다는 평소에 신던 발에 편한 등산화나 운동화가 좋다. 새 신발 신고 갔다 발에 맞지 않아·애먹으면 큰일. 발에 편한 워킹화가 있다면 금상첨화. 2~3시간씩 걷다 신발을 벗고, 양말까지 벗고 발을 시원하게 식혀주면 걷기에 편하다.

다섯째, 제주도는 섬이다 보니 날씨의 변화가 많다. 비옷과 바람막이옷, 겉옷을 준비하는 것이 좋다. 또한 양말은 천연소재의 양말로 조금 두꺼운 것을 신는다.

여섯째, 타박상이나 응급상황에 대비한 밴드, 연고, 응급약 등을 준비한다. 여름에는 걸을 때 땀이 많이 나서 모기 등 벌레에 잘 물리게 되므로 벌레퇴치용 팔찌나 목걸이, 약품 등을 준비하는 것도 좋다.

일곱째, 올레길은 코스마다 조금은 다르지만 어떤 코스의 경우 몇 시간 동안 상점을 구경할 수가 없다. 간단하게 요기할 수 있는 초콜릿이나 땅콩 등 간식거리를 준비한다.

여덟째, 올레길은 매우 길고 다양하여 주변 사람이 아무도 없는 상태에서 길을 잃을 수 있다. 자신이 걷고자 하는 코스의 올레지기 및 숙소 연락처를 반드시 메모해둔다.

제주 시내 교통편

배편을 이용해 제주도에 도착했다면 조금은 작은 규모의 여객터미널에 당황해할지도 모른다. 제주도는 공항을 중심으로 여행객이 움직이도록 동선이 되어 있어 제주도에 익숙하지 않다면 일단 공항으로 가는 것이 좋다. 그곳에 가면 제주도의 여러 곳을 갈 수 있는 버스들이 있다. 또 제주 시외버스터미널을 이용하면 편리하다.

공항에서 가장 쉽게 이용할 수 있는 버스는 공항리무진버스(삼영교통 600번, GATE 1번 앞. 배차 간격 18~20분). 이 공항리무진버스는 올레꾼들이 많이 가는 중문관광단지-컨벤션센터-풍림리조트-월드컵경기장-서귀포 KAL호텔까지 이용할 수 있다.

첫 차는 아침 6시 20분부터 있고 막차는 밤 10시까지 있다. 제주공항부터 종점 서귀포 KAL호텔 도착까지 걸리는 시간은 1시간 20분. 교통비는 공항에서 중문관광단지까지는 3,900원, 풍림리조트 · 월드컵경기장 4,500원, 서귀포 5,000원.

올레 4코스에 있는 해비치리조트는 공항 – 리조트간 무료 셔틀버스를 운행한다. 원래는 투숙객을 위한 서비스이지만 승객이 많지 않다면 투숙객이 아니라도 탈 수 있다. 물론, 무료이다.

알아두면 편리한 제주 콜택시 전화번호

시내버스와 셔틀버스를 이용한다 해도 급하게, 혹은 편하게 이용하기에는 택시가 최고. 시내가 아닌 만큼 전화를 해서 미리 예약을 하면 편하다.

5 · 16 콜택시	064 – 751 – 6516 (5, 6, 7, 8코스)
성산 호출 개인택시	064 – 784 – 3030 (1, 2코스)
동성 콜택시	064 – 787 – 7733 (3, 4코스)
표선 콜택시	064 – 787 – 2420 (3, 4코스)
남원 콜택시	064 – 764 – 9191 (4, 5코스)
서귀포 OK 콜택시	064 – 732 – 0082 (6, 7코스)
서귀포 칠십리 콜택시	064 – 763 – 3000 (6, 7코스)
서귀포 호출 개인택시	064 – 732 – 4244 (6, 7코스)
서귀포 인성 콜택시	064 – 733 – 0008 (6, 7코스)
중문 콜택시	064 – 738 – 1700 (8, 9코스)
안덕 개인 콜택시	064 – 794 – 1400 (9, 10코스)
모슬포 콜택시	064 – 794 – 5200 (10, 11코스)
한경 콜택시	064 – 772 – 1818 (12, 13코스)
한수풀 콜택시	064 – 796 – 9191 (14, 15코스)
애월 콜택시	064 – 799 – 9007 (15, 16코스)
VIP 콜택시	064 – 711 – 6666 (16코스)
추자도 택시	064 – 742 – 3595 (18–1코스)

올레길을 편하게, 셔틀버스 이용하기

여러 개의 코스로 이어진 올레길. 올레길을 출발할 때 해비치리조트와 풍림리조트에서 출발하는 올레꾼들을 위한 무료 셔틀버스를 이용하면 각 코스 출발점으로 데려다주므로 편리하다.

〈해비치리조트 셔틀버스〉

제주올레 1코스~3코스

해비치리조트 → 우물안개구리 앞 → 온평포구(3코스 시작점) →
광치기 해변 (2코스 시작점) → 시흥초등학교(1코스 시작점) →
광치기 해변(2코스 시작점) → 온평포구(3코스 시작점) → 우물안개구리 앞 →
해비치리조트

1회차 09:05 09:15 09:25 09:35 09:50 10:05 10:15 10:25 10:35
2회차 14:05 14:15 14:25 14:35 14:50 15:05 15:15 15:25 15:35
3회차 17:05 17:15 17:25 17:35 17:50 18:05 18:15 18:25 18:35

제주올레 4코스~6코스

해비치리조트 → 산여리통입구 버스정류장 → 남원포구(5코스 시작점) →
쇠소깍(6코스 시작점) → 남원포구(5코스 시작점) → 산여리통 입구 버스정류장 →
해비치리조트

1회차 07:40 07:45 08:10 08:30 08:45 08:55 09:05
2회차 12:40 12:55 13:10 13:30 13:45 13:55 14:05
3회차 15:40 15:55 16:10 16:30 16:45 16:55 17:05

〈풍림리조트 셔틀버스〉

제주올레 6코스~7코스, 7-1코스

풍림리조트 → 월드컵경기장(7-1코스 시작점) → 외돌개(7코스 시작점) →
쇠소깍(6코스 시작점) → 외돌개(7코스 시작점) → 월드컵경기장(7-1코스 시작점) →
풍림리조트

1회차 08:00 08:05 08:15 08:30 08:45 08:55 09:00

2회차 13:00 13:05 13:15 13:30 13:45 13:55 14:00

3회차 16:00 16:05 16:15 16:30 16:45 16:55 17:00

제주올레 8코스~10코스

풍림리조트 → 월평포구(8코스 시작점) → 대평포구(9코스 시작점) →
화순항(10코스 시작점) → 대평포구(9코스 시작점) → 월평포구(8코스 시작점) →
풍림리조트

1회차 09:00 09:05 09:25 09:40 09:50 10:10 10:15

2회차 14:00 14:05 14:25 14:40 14:50 15:10 15:15

3회차 17:00 17:05 17:25 17:40 17:50 18:10 18:15

* 풍림리조트는 게스트하우스(1인만 예약 가능. 조 · 석식 중 한 번만 직원식당에서 무료 식사 가능.
  1박 20,000원)도 운영하며 점심 때는 올레꾼들을 위한 올레정식(7,000원)도 판매한다.
  제주풍림리조트 http://www.poonglimresort.co.kr/resort_jeju/jeju.asp
* 해비치리조트에서도 올레꾼들을 위한 게스트하우스(1박 33,000원)를 운영한다.
  제주해비치리조트 http://www.haevichi.com/resort

더욱 편한 올레길, 올레길 옮김이

아, 나도 미처 몰랐던 올레길 옮김이. 올레길 옮김이는 올레길 여행자를 위해 배낭을
숙소에서 숙소로 옮겨주는 서비스다. 무거운 배낭을 메고 하루 종일 걷는다는 것은 정
말 힘든 일. 숙소에 배낭을 다 챙겨놓고 아침에 가볍게 나와 걸은 후 저녁 때 다른 숙소
로 가면 거기에 배낭이 와 있는 시스템이 바로 올레길 옮김이 시스템이다. 참 좋은 아
이디어다. 난 무거운 배낭을 메고 햇빛 쨍쨍한 길을 하루종일 걸었는데……

단, 역방향일 때는 다음날 갖다 준다.

비용은 3,000~8,000원. 배낭 한 개가 추가될 때마다 비용도 3,000원 추가된다.

연락처 010-2699-1892

올레정보는 모두 이곳에 있다, (사)제주올레 http://www.jejuolle.org

올레에 관해 궁금한 모든 것은 다 여기에 있다. 여기가 바로 올레사무국. 올레길을 처음 걷는 사람은 사이트에 들어가 올레길 안내를 친절히 받고 길을 떠나시길. 뿐만 아니라 올레길에 관심 있는 사람이라면 (사)제주올레 사무국을 꼭 한번 들러보길 권한다.

(사)제주올레 사무국은 아름다운 서귀포 바다를 바라보고 있다. 바로 6코스의 중간지점 아름다운 소정방폭포 옆에 있는 것. 6코스를 걸을 때는 (사)제주올레가 있는 '소라의성'을 지나니 쉽게 들를 수 있다. 6코스가 아닌 경우에는 일부러 찾아가야 하지만 찾아가 볼 만하다.

일단 멋진 건물을 구경할 수 있다. 이 건물은 우리나라 최고의 건축가 중 한 명으로 꼽히는 고 김중업 선생의 작품. 그리고 바로 앞으로 멋진 바다와 절경의 해안이 펼쳐지고 뒤로는 한라산이 바라보인다.

1층에는 쉼터 공간이 있는데, 커피 한 잔을 공짜로 마실 수 있으며 바로 옆에는 간세인형을 직접 만들어 볼 수 있는 공간도 있다. 바느질하는 것을 잊고 사는 요즘이지만 아이와 함께 나만의 간세인형을 만들어 보는 독특한 재미를 느낄 수 있는 곳.

1층에서는 올레 기념품들은 판매하는데 이것들은 단순한 기념품이 아니라 모두 올레길 필수품이다. 간세인형(15,000원), 스카프(6,000원), 두건(10,000원), 생수병을 매달 수 있는 카라비너(4,000원) 등. 두건과 스카프는 흐르는 땀과 햇빛차단에 그만이고 카라비너는 올레길 필수품인 생수병을 허리춤이나 배낭에 매달고 다닐 때 유용하다. 필수품은 아니지만 간세인형은 올레의 상징. 배낭에 매달고 다니면서 올레길 친구로 삼으면 좋다. 디자인도 좋아 두건 쓰고 인형 매달고 다니면 센스 있는 올레쟁이.

꼭 장만해서 추억을 간직하자, 올레 패스포트

올레길을 걷는 사람이라면 꼭 장만해야 할 것이 바로 올레 패스포트. 파란색 올레 패스포트(15,000원)는 '제주올레 여행자를 위한 여행증명서'로서 올레 에티켓을 비롯, 각 코스별 간단 설명 및 각 코스별 올레지기, 지역 콜택시 번호 등이 기재돼 있어 비상시를 대비할 수 있다. (사)제주올레 제휴 항공사인 이스타항공사와 제휴 숙박업소 이용 시 올레 패스포트를 제시하면 할인을 받을 수 있다.

스탬프는 각 코스의 처음과 끝, 중간에서 찍을 수 있는데 자칫하면 그냥 지나치기 쉬우므로 꼭 찍고 싶으면 미리 스탬프를 찍을 수 있는 장소를 알아두도록 한다. 재미있는 것은 스탬프의 모양이 각 코스를 상징하고 있다는 것. 예를 들면 1코스는 시흥초등학교, 2코스는 노랑부리저어새, 3코스는 통오름 등으로 디자인 되어 있다. 스탬프만 보더라도 (사)제주올레의 세련된 감각이 곳곳에 묻어 있는 것을 재확인할 수 있다.

스탬프 찍기는 아이들만 좋아할 것이라고 생각하지만 의외로 어른들도 퍽 좋아한다. 한 코스, 한 코스 '참 잘했어요' 칭찬도장 받듯 스스로 찍는 올레 패스포트. 새파란 제주바다색의 깔끔하고 세련된 디자인의 패스포트는 갖고 있는 것만으로도 왠지 올레꾼이 된 듯한 뿌듯함을 느끼게 한다.

* 올레 패스포트 구입처 : 제주올레 사무국, 각 코스의 출발점 및 종점, 제주공항 등 제주올레 안내소, 이스타항공 데스크. 패스포트를 구입하면 제주올레에 대해 상세한 정보를 수록한 지도를 선물로 준다.

올레길 코스별 소개와 올레지기 연락처

1코스 시흥 – 광치기 올레

15km / 4~5시간 / 난이도 중

올레지기 011-699-7224

올레 패스포트 스탬프 받는 곳 : 시흥리안내소, 금영휴게소, 광치기 해산촌

시흥초등학교 찾아가기

제주 · 서귀포 시외버스터미널 → 동회선 일주(성산 경유) 시외버스 탑승 →
성산읍 시흥초등학교 하차

1-1코스 우도 올레

16.1km / 4~5시간 / 난이도 하

올레지기 011-694-0666

천진항 또는 하우목동항 찾아가기

제주 · 서귀포 시외버스터미널 → 동회선 일주(성산 경유)시외버스 탑승 →

성산포 하차 → 성산항 방향으로 도보 15분 → 천진항 또는 하우목동항행 도항선 승선 (1시간 간격 운항) → 우도 하선

2코스 광치기 – 온평 올레

17.2km / 5~6시간 / 난이도 중

올레지기 010-2061-2140

올레 패스포트 스탬프 받는 곳 : 광치기 해산촌, 성산 홍마트, 온평 혼인지 정보센터

광치기 해변 찾아가기

제주 · 서귀포 시외버스터미널 → 동회선 일주(성산 경유) 시외버스 탑승 → 광치기 해변 하차

3코스 온평 – 표선 올레

22km / 6~7시간 / 난이도 상

올레지기 010-4742-7356

올레 패스포트 스탬프 받는 곳 : 온평 혼인지 정보센터, 김영갑 갤러리,
　　　　　　　　　　　　　　　표선 올레 안내소

온평포구 찾아가기

제주 · 서귀포 시외버스터미널 → 동회선 일주(성산 경유) 시외버스 탑승 → 온평리 하차 → 바다쪽으로 도보 10분 → 온평리 종합안내센터

4코스 표선 – 남원 올레

23km / 6~7시간 / 난이도 상

올레지기 018-692-9688

올레 패스포트 스탬프 받는 곳 : 표선 올레 안내소, 토산 남쪽나라 횟집,
　　　　　　　　　　　　　　　남원 포구 편의점

표선 해수욕장 찾아가기

• 제주 시외버스터미널 → 제주–표선간 (번영로 경유) 시외버스 탑승 → 제주민속촌박물관 하차 → 해수욕장 방향 도보 1분

• 서귀포 시외버스터미널 → 동회선 일주(성산 경유) 시외버스 탑승 → 표선 사거리 하차 → 해수욕장 방향 도보 10분

5코스 남원 – 쇠소깍 올레

15km / 4~5시간 / 난이도 중

올레지기 011-600-3316

올레 패스포트 스탬프 받는 곳 : 남원 포구 편의점, 곤내골 올레점방, 쇠소깍 휴게소

남원포구 찾아가기

• 제주 시외버스터미널 → 제주-남원간(남조로 경유) 시외버스 탑승 → 남원리 하차 → 바다 쪽으로 도보 5분 → 남원포구

• 서귀포 시외버스터미널 → 동회선 일주(성산 경유) 시외버스 탑승 → 남원리 하차 → 바다쪽으로 도보 5분 → 남원포구

6코스 쇠소깍 – 외돌개 올레

15km / 4~5시간 / 난이도 하

올레지기 019-691-5276

올레 패스포트 스탬프 받는 곳 : 쇠소깍 휴게소, 제주올레 사무실, 외돌개 제주올레 안내소

쇠소깍 찾아가기

• 제주공항 → 서귀포행 리무진 버스 탑승 → 서귀포 KAL 호텔 하차 → 택시 이용 → 쇠소깍

• 서귀포 중앙로터리(일호광장) → 효돈행 버스 탑승 → 효돈 하차 → 바다 쪽으로 도보 7분 → 쇠소깍

7코스 외돌개 – 우러평 올레

16.4km / 4~5시간 / 난이도 상

올레지기 010-9887-1044

올레 패스포트 스탬프 받는 곳 : 외돌개 제주올레 안내소, 강정 올레쉼터,

월평 송이슈퍼

외돌개 찾아가기

- 제주공항 → 서귀포행 리무진 버스 탑승 → 서귀포 뉴경남호텔 하차 →
  택시이용 → 외돌개
- 서귀포 시내에서는 외돌개까지 택시를 이용하는 것이 편리

7-1코스 월드컵경기장 - 외돌개 올레

16km / 4~5시간 / 난이도 중
올레지기 010-2691-9133

올레 패스포트 스탬프 받는 곳 : 이마트 옆 GS25 편의점, 서호동 호서마트,
외돌개 제주올레 안내소

월드컵경기장 찾아가기

- 제주공항 → 서귀포행 리무진 버스 탑승 → 월드컵경기장 하차
- 서귀포 중앙로터리(일호광장) → 중문 방향 버스탑승 → 월드컵경기장 하차

8코스 월평 - 대평 올레

16.3km / 4~5시간 / 난이도 상
올레지기 011-698-4479

올레 패스포트 스탬프 받는 곳 : 월평 송이슈퍼, 주상절리 관광 안내소, 대평 명물식당
월평마을 아왜낭목 찾아가기

- 제주공항 → 서귀포행 리무진 버스 탑승 → 약천사 하차 →
  월평마을 방향 도보 10분 → 아왜낭목
- 서귀포 중앙로터리(일호광장) → 대포/회수 방향 버스 탑승 →
  월평마을 알동네 하차 → 아왜낭목

9코스 대평 - 화순 올레

9.1km / 3~4시간 / 난이도 상
올레지기 010-3691-7273

올레 패스포트 스탬프 받는 곳 : 대평 명물식당, 화순 황개천 다리 옆 화장실,

화순 바당올레 횟집

대평포구 찾아가기

• 제주 시외버스터미널 → 중문 고속화버스 탑승 → 중문 우체국 앞 하차 →

대평리행 버스 탑승 → 대평리(종점) 하차 → 포구 쪽으로 도보 10분 → 대평포구

• 서귀포 중앙로터리(일호광장) → 대평리행 버스 탑승 → 대평리(종점)하차 →

포구 쪽으로 도보 10분 → 대평포구

10코스 화순 – 모슬포 올레

15km / 4~5시간 / 난이도 중

올레지기 016-308-5972

올레 패스포트 스탬프 받는 곳 : 10코스 화순 바당올레 횟집, 송악산 휴게소 식당,

하모 제주올레 안내소

화순 해수욕장 찾아가기

• 제주 시외버스터미널 → 서부관광도로(평화로 경유) 버스 탑승 → 화순리 하차 →

바다 쪽으로 도보 10분 → 화순 해수욕장

• 서귀포 시외버스터미널 → 서회선 일주 시외 버스 탑승 → 화순리 하차 →

바다 쪽으로 도보 10분 → 화순 해수욕장

10-1코스 가파도 올레

5km / 1~2시간 / 난이도 하

올레지기 010-3699-7173

가파도 상동포구 찾아가기

• 제주 시외버스터미널 → 대정(모슬포)행 직행(평화로 경유) 버스 탑승 →

모슬포 시외버스터미널 하차 → 모슬포항으로 도보 10분 →

가파도행 여객선 승선 → 상동포구 하선

• 서귀포 시외버스터미널 → 서회선 일주 버스 탑승 → 모슬포 농협사거리 하차 →

모슬포항으로 도보 5분 → 가파도행 여객선 승선 → 상동포구 하선

가파도행 여객선 문의 064-794-5490

11코스 모슬포 – 무릉 올레

21.5km / 6~7시간 / 난이도 상

올레지기 010-2937-1940

올레 패스포트 스탬프 받는 곳 : 하모 제주올레 안내소, 상모리 올레상점,
						무릉 생태학교 안내소

모슬포항 (하모 체육공원) 찾아가기

• 제주 시외버스터미널 → 대정(모슬포)행 직행 버스 탑승 → 모슬포(종점) 하차 →
  모슬포항으로 도보 3분 → 하모 체육공원

• 서귀포 시외버스터미널 → 서회선 일주 시외버스 탑승 → 모슬포 하차 →
  모슬포항으로 도보 3분 → 하모 체육공원

12코스 무릉 – 용수 올레

17.6km / 5~6시간 / 난이도 중

올레지기 010-5301-2085

올레 패스포트 받는 곳 : 무릉 생태학교 안내소, 신도리 산경도예, 용수 어촌계 편의점

무릉 생태학교 찾아가기

• 제주 시외버스터미널 → 모슬포행(평화로 운행) 버스 탑승 → 무릉2리 하차 →
  무릉 생태학교

• 서귀포 시외버스터미널 → 서회선 일주 시외버스 탑승 → 모슬포 하차 →
  신창 – 모슬포 순환버스 탑승 → 무릉2리 하차 → 무릉 생태학교

13코스 용수 – 저지 올레

15.3km / 4~5시간 / 난이도 중

올레지기 010-4696-0986

용수포구 찾아가기

• 제주 시외버스 터미널 → 서회선 일주 시외버스 탑승 → 용수리 하차 →

용수포구 쪽으로 도보 15분

• 서귀포 시외버스터미널 → 서회선 일주 시외버스 탑승 → 용수리 하차 →
용수포구 쪽으로 도보 15분

14코스 저지 – 한림 올레

19.3km / 6~7시간 / 난이도 중

올레지기 010-3459-9817

저지리 마을회관 찾아가기

• 제주 시외버스터미널 → 서회선 일주 시외버스 탑승 → 신창 하차 →
신창 – 모슬포 순환버스 탑승 → 저지리 마을회관 하차

• 제주 시외버스터미널 → 노형 – 중산간 버스 탑승 → 저지리 마을회관 하차

• 서귀포 시외버스터미널 → 서회선 일주(사계 경유) 시외버스 탑승 →
모슬포 우체국 하차 → 바다쪽으로 도보 5분 → 사거리 우측 정류소에서
신창 – 모슬포 순환버스 탑승 → 저지리 마을회관 하차

14-1코스 저지 – 무릉 올레

17.5km / 5~6시간 / 난이도 성

올레지기 010-2689-2585

저지리 마을회관 찾아가기

• 제주 시외버스터미널 → 서회선 일주 시외버스 탑승 → 신창 하차 →
신창 – 모슬포 순환버스 탑승 → 저지리 마을회관 하차

• 제주 시외버스터미널 → 노형 – 중산간 버스 탑승 → 저지리 마을회관 하차

• 서귀포 시외버스터미널 → 서회선 일주(사계 경유) 시외버스 탑승 →
모슬포 우체국 하차 → 바다쪽으로 도보 → 사거리 우측 정류소에서
신창 – 모슬포 순환버스 탑승 → 저지리 마을회관 하차

15코스 한리 – 고내올레

19km / 6~7시간 / 난이도 중

올레지기 016-692-3833

한림항 찾아가기

제주 · 서귀포 시외버스터미널 → 서회선 일주 시외버스 탑승 → 한림성당 하차 →

서회선 일주 시외버스 탑승 – 한림성당 하차 → 한림항 방향 도보 5분 →

한림항 비양도 도항선 선착장

16코스 고내 –광령 올레

17.8km / 5~6시간 / 난이도 중

올레지기 010-8977-7097

고내포구 찾아가기

- 제주 시외버스터미널 → 서회선 일주 시외버스 탑승 → 고내 하차 →

  고내포구 쪽으로 도보 5분

- 서귀포 시외버스터미널 → 서회선 일주 시외버스 탑승 → 고내 하차 →

  고내포구 쪽으로 도보 5분

18-1코스 추자도 올레

17.7km / 6~7시간 / 난이도 최상

올레지기 : 010-4057-3650

추자항 찾아가기

- 제주공항 또는 제주 시외버스터미널 → 택시 이용 → 제주항여객선터미널 →

  추자도행 여객선 승선 → 추자항 하선

- 서귀포(국)시외버스터미널(중앙로터리 옆) → 5.16도로 버스 탑승 →

  제주시청 하차 → 광양로터리 버스정류장에서 92번 시내버스 탑승 →

  제주항여객선터미널 하차 →추자도행 여객선 승선 → 상추자항 하선

* 여객선 문의 : 제주 – 추자/완도 064-751-5050

　　　　　　　　 제주 – 추자/목포 064-758-4324

나도 제주올레길 후원자

올레길을 이용하는 데는 비용이 들지 않는다. 모두가 그냥 찾아가 걸을 수 있다. (사)제주올레는 비영리 법인. 따라서 제주올레 코스를 개척하고 유지하고 관리하는 비용은 모두 후원금과 기념품 판매 수익으로 충당한다. 보다 멋진 제주올레길, 나를 비롯해 더 많은 사람이 제주올레길을 편하게 걷게 하기 위해서는 제주올레를 후원하면 된다.

제주올레 후원의 첫 시작은 패스포트, 간세인형, 스카프 등 기념품을 구매하기. 두 번째는 내가 걸은 킬로미터 수만큼 기부하기, 세 번째는 소액이라도 정기적으로 기부하기 등이 있다. 《아들과 길을 걷다, 제주올레》를 구입하는 것도 제주올레 후원의 한 방법. 사진인세 1%와 출판사 수익금 1%가 (사)제주올레에 기부된다.

* 후원문의전화 : 064-739-0815　　후원계좌 : 농협 903035-51-073914 (사)제주올레
  (사)제주올레 홈페이지http://www.jejuolle.org

제주올레 에티켓

다시 걷고 싶은 제주올레길을 위해 이것만은 지키자

· 내가 먹고 쓰다 남긴 쓰레기는 꼭 챙겨가기

· 귤껍질도 길가에 버리지 않기

· 길 옆에 매달린 귤이 탐스럽다고 욕심내지 않기

· 길가에 핀 꽃, 나뭇가지를 꺾지 말기

· 길에서 마주친 가축이나 야생동물들을 괴롭히지 말기

· 탁 트인 오름 정상에 올라 소리치지 않기

· 사유지 농장을 드나들 땐 내 집 대문인양 문단속하기

· 뒤에 오는 올레꾼을 위해 리본을 떼가지 말기

· 길 안내 간세를 때리거나 위에 올라타지 말기

· 주변 풍광을 놀멍 쉬멍 여유롭게 즐기며 걷기

· 오며가며 만나는 올레꾼과 주민에게 정다운 미소, 눈인사 건네기

· 자동차가 다니는 도로변을 지날 때에는 길가로 다니기

· 코스를 벗어난 가파른 계곡이나 절벽 등으로의 모험은 피하기

아이와 가면 좋다
제주도 Best of Best

아이를 데리고 여행하는 부모 입장에서는 하나라도 더 보게 하고 싶은 것이 솔직한 심정. 그러나 막상 아이를 데리고 어디로 가야 할지 막막할 때가 있다. 직접 아이를 데리고 가서 엄마인 나도 좋고, 아이도 좋아한 곳과 미처 가보지 못했지만 가보면 좋겠다 싶은 곳들을 가려 뽑았다. 제주도는 관광도시인 만큼 이외에도 너무나 많은 볼거리, 체험거리들이 있다. 제주도에서 운영하는 제주관광 사이트(http://www.jejutour. go.kr/)에서 갈 곳들을 미리 알아보고 가는 것이 좋다. 또한 제주도청에서는 민원콜센터 '120'을 운영하고 있다. 이 곳은 관람안내, 위치, 교통 등 제주도 내 무엇이든지 문의 후 답을 얻을 수 있다. 평일은 오전 9시부터 밤 9시까지, 주말에는 저녁 6시까지 운영한다. 휴대전화로 문의할 경우 제주 지역번호를 포함해 '064-120'으로 전화해야 한다.

박물관

닥종이인형 박물관

국내 유일의 닥종이인형 박물관. 전통한지인 닥종이를 덧붙여 생생한 표정과 몸짓을 표현하는 닥종이인형을 전시하고 있다. 닥종이인형은 특히 우리의 옛 생활상을 그대로 표현하고 있어 아이와 부모 모두 즐겁게 관람할 수 있는 곳. 박물관 내에 닥종이인형 만들기 체험 공간이 있어 직접 인형을 만들어 볼 수 있다.

이용시간 : 09:00 ~ 18:00(계절에 따라 폐장시간이 더 늦춰지기도 한다.)
이용요금 : 성인 6,000원, 중고생 5,000원, 어린이 4,000원
휴관일 : 없음
문의 : 064-739-3905~6
제주특별자치도 서귀포시 법환동 914 제주월드컵경기장 내

제주민속촌 박물관

〈대장금〉〈추노〉〈거상 김만덕〉 등 다양한 드라마의 세트장으로도 유명한 곳. 제주도민의 옛 생활상을 그대로 옮겨 놓았다. 특히 1890년대에 맞춰 만들어 놓은 곳으로 과거 제주도만의 독특한 건축과 생활상을 알 수 있다.

이용시간 : 08:30 ～ 18:00(계절에 따라 폐장시간이 더 늦춰지기도 한다.)

이용요금 : 성인 7,000원, 청소년 4,500원, 어린이 3,500원

휴관일 : 없음

문의 : 064-787-4501

제주특별자치도 서귀포시 표선면 표선리 40-1

오설록 티박물관

우리나라 최고의 차 브랜드 설록차에서 만든 박물관. 우리나라뿐 아니라 세계의 차 역사를 한눈에 알 수 있는 박물관으로서, 다양한 다기도 구경하고 차를 덖는 것을 볼 수 있으며 상시 무료로 개설되는 티 클래스를 통해 차에 대해 배워볼 수도 있다. 드넓게 펼쳐진 차밭 풍경이 일품.

이용시간 : 09:30 ～ 17:00(계절에 따라 폐장시간이 더 늦춰지기도 한다.)

이용요금 : 무료

휴관일 : 없음

문의 : 064-794-5312~3

제주특별자치도 남제주군 안덕면 서광리 1235-3

소리섬 박물관

소리를 주제로 한 박물관. 최초의 죽음기부터 티베트, 인도, 케냐 등 쉽게 보기 힘든 다양한 국가의 전통 악기까지 소리에 관련된 모든 것이 전시되어 있다. 또한 직접 악기를 만들어 볼 수 있는 체험공간과 공연 관람 등을 상시로 개설하고 있다. 아이들은 다양한 악기도 구경하고 직접 연주도 할 수 있어 좋아한다.

이용시간 : 09:00 ～ 18:00

이용요금 : 성인 6,500원, 청소년 5,000원, 어린이 4,000원

휴관일 : 없음

문의 : 064-739-7782

제주특별자치도 서귀포시 색달동 2664-36번지 중문관광단지 내

아프리카 박물관

1998년 서울 동숭동에 있던 박물관이 2005년에 제주도로 옮겨갔다. 독특한 건물모양
과 입구에 있는 코끼리, 기린 등 아프리카를 상징하는 대형 동물상 등을 보고 아이들이
먼저 가자고 하는 곳. 건물의 1층은 사진작가 김중만의 아프리카 사진이 전시되어 있
고 2층에는 30개 국가 70여 개 부족의 예술작품이 있다.

이용시간 : 09:00 ~ 19:00

이용요금 : 성인 7,000원, 청소년 5,500원, 어린이 4,500원

휴관일 : 없음

문의 : 064-738-6565

제주특별자치도 서귀포시 대포동 1833

테디베어 박물관

테디베어를 테마로 한 박물관으로 전 세계에서 수집한 희귀 테디베어와 세계 최고가
의 테디베어까지 다양한 테디베어를 관람할 수 있다. 단순히 아이들의 장난감으로 생
각해 왔던 곰인형이 아닌 하나의 작품으로서 감상하기 충분해 아이들 뿐 아니라 어른
들에게도 즐거움을 준다.

이용시간 : 09:00 ~ 21:00

이용요금 : 성인 7,000원, 청소년 6,000원, 어린이 5,000원

휴관일 : 없음

문의 : 064-799-4820

제주특별자치도 제주시 애월읍 소길리 155-112

신영영화 박물관

영화배우 신영균 씨가 1999년 개관한 한국 최초의 영화 박물관. 영화를 연대별로 관

람할 수 있으며, 1920~50년대 실제 사용되었던 영화 관련 기기부터 포스터까지 영화에 관한 모든 것이 있는 곳. 〈JSA 공동경비구역〉〈은행나무침대〉〈동갑내기 과외하기〉〈엽기적인 그녀〉 등 유명 인기 영화의 한 장면을 관객이 직접 배우를 대신해서 녹음하고, 연출하는 과정을 체험할 수 있는 '대사 및 효과녹음' 체험코너 등이 아이들의 호기심을 자극한다. 야외 공원 시설도 잘 돼 있고, 산책로도 좋아 가족이 함께 가기 좋은 곳.

이용시간 : 09:00 ~ 18:00(계절에 따라 폐장시간이 더 늦춰지기도 한다.)

이용요금 : 성인 6,000원, 청소년 4,000원, 어린이 3,000원

휴관일 : 없음

문의 : 064-764-7777~9

제주특별자치도 서귀포시 남원읍 남원리 2381

국립제주 박물관

제주만의 독특한 문화와 역사를 한눈에 볼 수 있는 곳. 특히 다양한 체험전시장을 상설로 마련해 놓고 있어 아이들에게 인기가 좋다. 토요일은 저녁 9시까지 야간개장을 한다.

이용시간 : 09:00 ~ 18:00

이용요금 : 무료

휴관일 : 매주 월요일(단, 월요일이 공휴일인 경우 다음날 휴관), 매년 1월1일

문의 : 064-720-8000

제주특별자치도 제주시 건입동 261

평화 박물관

한반도의 평화와 세계평화를 염원하는 마음으로 건립된 박물관. 한일합병 당시 일본군은 연합군에 대항해 제주도를 최후의 진지로 삼고 제주 전역에 땅굴을 파는데 이중 가마오름 땅굴을 체험장으로 만든 것. 긴 땅굴을 직접 둘러보며 역사적인 전시품 등을 통해 당시 상황을 생생하게 느낄 수 있어 꼭 가 봐야 할 곳 중 하나.

이용시간 : 08:30 ~ 18:00

이용요금 : 성인 4,500원, 청소년 3,500원, 어린이 3,000원

휴관일 : 없음

문의 : 064-772-2500

제주특별자치도 제주시 한경면 청수리 1166

해녀 박물관

제주도의 상징과도 같은 해녀를 테마로 구성된 박물관. 과거 해녀의 삶을 통해 제주도
의 세시풍속이나 먹을거리, 생활상 등을 볼 수 있다. 또한 어린이해녀체험관이 따로 마
련되어 있어 쉽고 재미있게 해녀와 제주도에 대해 설명을 들을 수 있다.

이용시간 : 09:00 ~ 18:00

이용요금 : 성인 1,100원, 청소년 500원, 어린이 무료

휴관일 : 매월 첫째 월요일

문의 : 064-782-9898

제주특별자치도 제주시 구좌읍 하도리 3204-1

초콜릿 박물관

이름만 들어도 행복한 초콜릿을 테마로 한 박물관으로서 세계 10대 초콜릿 박물관으
로 꼽힐 정도로 훌륭한 시설을 자랑한다. 초콜릿을 직접 제조하기도 해 양질의 고급 초
콜릿을 구입할 수 있다. 제주도에 많은 테마 박물관이 있지만 이곳은 특히 아이 어른
없이 좋아하는 곳. 초콜릿 외에도 독특한 유럽식 외관과 감나무 등으로 꾸며진 아름다
운 정원이 일품이다.

이용시간 : 09:00 ~ 17:00(계절에 따라 폐장시간이 더 늦춰지기도 한다.)

이용요금 : 3,000원 (초등학생 이하는 무료)

휴관일 : 없음

문의 : 064-792-3121

제주특별자치도 서귀포시 대정읍 일과리 551-18

공원

제주 4.3 평화공원

4.3 민주항쟁을 기념하고 인권과 평화를 위해 조성된 공원. 4.3 민주항쟁 당시의 제주도에 관한 자료가 생생하게 전시되어 있다.

이용시간 : 09:00 ~ 18:00

이용요금 : 무료

휴관일 : 1, 3째 월요일

문의 : 064-710-8461

제주특별자치도 제주시 봉개동 산 51-3

여미지 식물원

기네스북에 등재된 동양 최대 크기의 식물원. 제주도를 대표하는 관광지로서 쉽게 접할 수 없는 다양한 식물이 있으며 나라별 테마별로 매우 잘 분류되어 있어 여전히 가볼 만한 곳으로 꼽을 수 있다.

이용시간 : 09:00 ~ 18:00

이용요금 : 성인 7,000원, 청소년 4,500원, 어린이 3,500원

휴관일 : 없음

문의 : 064-735-1100

제주특별자치도 서귀포시 색달동 2920번지 중문단지 내

제주조각공원

동양 최대 크기의 조각공원. 13만평 규모의 대지에 160여 점의 조각 작품이 놓여 있다. 특히 정문에 있는 삼각타워는 평면 4각, 입면 3각, 중정 원형으로 특수설계 · 시공되어 있어 위치나 날씨에 따라 각각 다른 풍경을 만들어낸다.

이용시간 : 09:00 ~ 18:30

이용요금 : 성인 4,500원, 청소년 3,500원, 어린이 2,500원

휴관일 : 없음

문의 : 064-794-9680

제주특별자치도 서귀포시 안덕면 덕수리 27

김녕 미로공원

미로의 총 연장선이 932m인 이곳은 출구까지 가장 짧은 코스가 190m. 제주대 객원교
수였던 미국인 프레드릭 H. 더스틴이 1987년부터 미로디자이너인 애드린 피셔의 설계
를 바탕으로 조성하여 1997년 일반에 개방하였다. 높은 나무로 둘러쌓인 미로를 다 통
과하면 종을 칠 수 있다. 그러나 그 종을 치기가 정말 어렵다.

이용시간 : 08:00 ~ 18:00

이용요금 : 성인 3,300원, 청소년 1,650원, 어린이 880원

휴관일 : 없음

문의 : 064-782-9266

제주특별자치도 제주시 구좌읍 김녕리 산 16

문화 및 자연

제주목 관아지

조선시대 관아를 복원한 곳으로 1991년 도로를 재정비 중 우연히 발견한 유물을 시작
으로 12년간의 복원 끝에 현재의 모습을 갖추었다. 바람이 많은 제주도의 날씨를 고려
해 처마가 조금 긴 것을 제외하고는 전형적인 조선시대 건축물의 모습. 또한 탐라국 시
절 농사가 잘 되길 기원하던 나무로 만든 소, 낭쉐 등은 다른 곳에서 볼 수 없는 유물.

이용시간 : 09:00 ~ 18:00

이용요금 : 성인 1,500원, 청소년 800원, 어린이 400원

휴관일 : 매주 월요일, 1월 1일

문의 : 064-728-8667

제주특별자치도 제주시 삼도2동 43-3

추사적거지

조선시대 최고의 서예가로 알려진 추사 김정희(1786~1856)가 유배 당시 생활했던 곳.

추사는 이곳에서 9년간(1840~1848) 유배생활을 하며 추사체를 완성했다. 이곳은 1948년 4.3 민주항쟁 당시 불에 탔다 1984년 복원되었으며, 추사의 탁본 등이 전시되어 있다.

이용시간 : 09:00 ~ 18:00

이용요금 : 2010년까지 무료

휴관일 : 2010년 9월 이후 결정

문의 : 064-794-3089

제주특별자치도 서귀포시 대정읍 안성리 1661-1

성읍민속마을

조선시대 제주 동부지역의 중심이었던 곳으로 현재도 사람이 그대로 살고 있는 전통마을. 과거와 현재가 공존하는 이곳은 과거 조선시대 때부터 이어오는 제주의 생활과 현재의 모습을 한눈에 비교해 볼 수 있다.

문의 : 064-787-1179

제주특별자치도 서귀포시 표선면 성읍리 성읍민속마을

만장굴

총길이 8,924m로 세계에서 네 번째로 손꼽히는 화산동굴로서 유네스코 산하 자연문화유산에도 등재되어 있다. 고드름처럼 생긴 용암종유와 땅에서 돌출되어 올라온 용암석순, 용암종유와 용암석순이 만나 기둥을 이룬 용암주 등 아이들이 책에서나 볼 수 있는 자연의 신비를 직접 눈으로 확인할 수 있는 곳이다.

이용시간 : 09:00 ~ 17:00

이용요금 : 성인 2,000원, 청소년 1,000원, 어린이 1,000원

휴관일 : 없음

문의 : 064-783-4818

제주특별자치도 제주시 구좌읍 김녕리 41

동안경굴

검은 모래로 유명한 우도 검멀레 해변에서 썰물 때에만 볼 수 있는 신비한 동굴이다. 동쪽에 있는 고래 동굴이라는 의미의 동안경굴은 우두봉 절벽 아래에 있는데 썰물 때에만 사람이 들어갈 수 있고 동굴 안으로 들어가면 웅장한 자연의 모습에 경외감을 갖게 된다. 동굴 안에서 바다를 바라보는 경치도 일품이다. 아이들의 상상력을 자극할 만큼 신비로운 동굴이다.

제주특별자치도 제주시 우도면

송악산 진지동굴

송악산 절벽에 있는 15개의 인공동굴인 송악산 진지동굴은 아픈 과거 역사를 느낄 수 있는 곳이다. 2차대전 당시 일본군이 설치한 진지로서 과거에는 일본군이 비행장으로 사용했다. 격납고나 탄창고 등이 아직도 그대로 남아 있다.

제주특별자치도 서귀포시 대정읍 상모리

해수욕장

섬 제주는 사방팔방 어디든 끝으로 가면 바다다. 그러나 바다라고 해서 어디서든지 해수욕을 즐길 수는 없는 것. 하지만 그 어디보다 멋진 해수욕장이 있는 곳이 바로 제주다. 제주도에서 아이들을 데리고 멋지게 해수욕을 즐길 수 있는 곳들을 소개한다.

* 모든 해수욕장은 여름철에만 개장하며 정확한 날짜는 정해져 있지 않다.

협재 해수욕장

바로 앞에 비양도가 그림처럼 떠 있고, 흰 모래사장이 넓고 길게 늘어선 아름다운 해수욕장. 고운 모래 위에서 아이들은 모래성을 쌓고, 부모는 선탠을 즐기기 충분하다. 비취빛 바다색과 노을 지는 풍경은 그야말로 절경. 공항에서 30분밖에 걸리지 않는다.

제주도 제주시 한림읍 협재리 2497-1

금능 해수욕장

협재 해수욕장과 가까운 또 하나의 아름다운 해변이 바로 금능 해수욕장. 수심이 낮고 물빛이 기막히게 아름다워 아이들 데리고 가기엔 최적의 해수욕장. 협재 해수욕장 가까이 있으니 역시 바로 앞에 떠 있는 아름다운 비양도를 한없이 바라볼 수 있다.

제주시 한림읍 금능리 064-728-1612

중문 해수욕장

올레 8코스 가운데에 있는 중문 해수욕장. 일찍이 아름다운 해변으로 유명하고 풍경이 아름다워 중문 관광단지가 들어선 곳. 그래서 해수욕장 위로 신라, 하얏트, 롯데 호텔 등 고급호텔들이 들어서 있다. 다만 조금만 나가도 수심이 깊은 것이 흠.

제주조 서귀포시 중문동 2812-2

표선 해수욕장

썰물 때는 원형의 넓은 백사장을 만들어내고 밀물 때는 거대한 호수처럼 물이 가득 차오르는 해수욕장. 썰물 때 만들어지는 거대한 해변에서 노는 맛은 어디에서도 즐길 수 없다. 올레 3코스 도착점이자 4코스 출발점. 3코스 출발점에서 힘들게 걸어서 거대한 표선해수욕장을 만나는 기분은 한바탕 달음박질이라도 하고 싶을 만큼 아주 근사하다.

제주도 서귀포시 표선면 표선리

함덕 해수욕장

함덕 해수욕장의 가장 큰 특징은 수심이 낮은 바다가 아주 넓게 펼쳐져 있다는 것. 따라서 아이들을 데리고 놀기에 아주 좋다.

제주도 제주시 조천읍 함덕리

세화 해수욕장

올레 4코스를 지나다 만날 수 있는 작은 해수욕장. 많이 알려지지 않은 곳이어서 관광객이 적어 한갓지게 즐길 수 있는 아주 예쁜 곳.

제주도 제주시 구좌읍

산호 해수욕장

섬 속의 섬 우도에 있는 아주 눈부시게 아름다운 해수욕장. 수심에 따라 바다색이 달라져 가만히 바다를 바라보고만 있어도 마치 한 폭의 아름다운 그림을 보는 듯한 느낌을 갖게 한다. 성산항에서 배를 타고 들어가면 된다. 하루만 묵기에는 너무 아까운 곳.

제주도 제주시 우도면

검멀레 해수욕장

우도에 들어갔다면 검멀레 해수욕장에서 모래찜질을 해보는 것도 좋다. 우두봉 바로 아래에 있는 검멀레 해수욕장은 검은 모래 해변으로 비록 작은 해수욕장이지만 쉽게 갈 수 없는 우두봉 아래에 있어 우도의 매력을 맘껏 즐길 수 있다는 것이 장점.

제주도 제주시 우도면

그 외에도 꼭 가볼 만한 곳

김영갑갤러리 두모악

한라산의 옛말인 '두모악'란 이름을 가진 이곳은 제주도를 사랑한 사진작가 고 김영갑이 폐교였던 곳을 사들여 생전에 만든 곳. 김영갑이 루게릭병으로 몸을 쓸 수 없게 되었을 때부터 현재 운영을 맡고 있는 제자 박훈일 씨가 뒤를 이어 지금의 모습으로 완성했다. 김영갑의 사진 작품 상설전시 외에도 다양한 전시를 수시로 열고 있으며 음악회를 열기도 한다. 이미 올레꾼, 사진 찍기를 즐기는 사람들, 오토바이 여행객 등 여유로운 여행을 즐기는 사람들 사이에서는 제주도에서 반드시 가 봐야 할 곳으로 알려져 있다. 제주올레 3코스에 있다.

이용시간 : 09:30 ~ 17:00(계절에 따라 폐관시간이 늦춰지기도 한다)

이용요금 : 성인 3,000원, 청소년 2,000원, 어린이 1,000원

휴관일 : 매주 수요일

문의 : 064-784-9907

제주도 서귀포시 성산읍 삼달리 437-5

이중섭 거리

화가 이중섭(1916~1956)이 제주도로 피난 와 1년간 거주했던 곳을 중심으로 형성된 거리. 이중섭이 머물던 집과 이중섭미술관이 있다. 거리 곳곳에 이중섭의 그림을 활용한 표지판이나 벽화 등이 눈에 띈다. 이곳에서는 매주 2, 4째 토요일마다 서귀포예술 벼룩시장이 열리는데 재미있고 특이한 각종 수공예품을 구경하는 재미가 쏠쏠하다. 매년 10월에는 '이중섭예술제'가 열린다.

이중섭미술관

이용시간 : 09:00 ~ 18:00(계절에 따라 폐장시간이 더 늦춰지기도 한다.)

이용요금 : 성인 1,000원, 청소년 500원, 어린이 300원

휴관일 : 매주 월요일, 1월 1일, 설날, 추석

문의 : 064-733-3555

제주특별자치도 서귀포시 서귀동 532-1

일출랜드

미천굴을 중심으로 다양한 레저 서비스를 제공하는 곳. 아름다움이 천 가지나 된다는 미천굴(美千屈)은 25만 년 전 만들어진 자연동굴로 총 2개로 구성되어 있다. 제 1굴은 398m, 제 2굴은 1,320m 정도. 굴 안에는 다도해라고 불리는 곳이 있는데 25만 년 전 동굴이 만들어질 때 함께 만들어진 공간으로 물이 차오르면 마치 바다에 섬이 가득한 모습을 만들어낸다 하여 붙여진 이름이다. 그 외에도 소원을 비는 탑, 천장에서 떨어진 물로 만들어진 연못 등 다양한 볼거리가 많다. 동굴 내부는 1년 내내 약 15℃ 안팎으로 서늘하다.

일출랜드는 미천굴 외에도 식물원, 수경공원, 도자기 체험장 등 다양한 시설이 있어 아이들과 함께 즐기기에 적합하다.

이용시간 : 09:00~18:00(계절에 따라 개 · 폐관 시간이 약간씩 달라진다.)

이용요금 : 성인 6,500원, 청소년 4,500원, 어린이 3,500원

휴관일 : 없음

문의 : 064-784-2089

제주특별자치도 서귀포시 성산읍 삼달리 1010